Peter C. Burens
Grenzgänger

Peter C. Burens

Grenzgänger

Mittsommertage in Lothringen

Münster Verlag

Impressum

© Münster Verlag Basel 2019

Umschlaggestaltung:	Stephan Cuber, diaphan gestaltung, Bern
Gestaltung und Satz:	Christoph Krokauer, Würzburg
Druck und Einband:	CPI books GmbH, Ulm
Verwendete Schriften:	Adobe Jenson Pro
Papier:	Umschlag, 135g/m², Bilderdruck glänzend, holzfrei; Inhalt, 90g/m², holzfrei Werkdruck 1,75fach

ISBN 978-3-907146-25-5
Printed in Germany

www.muensterverlag.ch

Für Katarina

Inhalt

Grenzland

«Nehmen Sie mich mit?» Die Stimme leise, nicht zaghaft. Eher herausfordernd. Den Kopf zur Seite geneigt, mit keckem Augenaufschlag auf den regenverhangenen Himmel weisend.

Die junge Frau lehnt an einem Mittelklassewagen, der sein älteres Baujahr nicht verheimlicht. Das glatte, zu einem Pferdeschwanz gebundene schwarze Haar wirbelt im böigen Wind.

Riemen eines Gepäckstücks lasten auf der Schulter. Die prallgefüllte, ausgebeulte Reisetasche in cognacfarbigem Leder und angesagtem Vintage-Look stilisiert ihre Trägerin als modisch en vogue wie traditionsbewusst.

Der Halter des moosgrünen Peugeot 205 kommt geradewegs auf sie zu. Schlaksigen Schritts kehrt er von der Raststätte an der Autobahn nahe Strasbourg zu seinem Wagen zurück.

Ein Mann mit Gardemaß, bei leicht untersetztem Körperbau. An die Fünfzig dürfte er sein, eventuell darüber. Das Leben hat sich noch nicht in die weichen Gesichtszüge eingegraben.

Blauer Anzug, weißes Hemd. Die Jacke des Leinenanzugs hängt lässig über dem Unterarm. Ein geschorener, kaum sichtbarer Haarkranz begrenzt die gebräunte Glatze. Auf der Nase klemmt eine Nickelbrille.

Er schaut verschmitzt, mustert die Anhalterin. Schüttelt letzte Wassertropfen von den Händen. Dann zupft er mit spitzen Fingern ein Taschentuch aus der Hose.

«Der Lufttrockner ist mal wieder defekt. Und Papiertücher? Die sind eher Mangelware», schimpft er vor sich hin.

«Wohin soll's denn gehen?» Er zückt den Schlüssel für Autotür und Zündschloss.

«Nach Reims. Fahren Sie dorthin?» Nach einer Pause fügt die Frau selbstbewusst hinzu. «Zumindest einen Teil der Strecke?» Die feste Aussprache unterstreicht eine erfüllbare Erwartung.

Er richtet den Blick nach oben, auf sich bedrohlich auftürmende Wolkenberge. «Steigen Sie schon ein, bevor sich ein Dauerregen über uns ergießt.»

In den Wagen gebeugt, den von Schriftstücken belagerten Beifahrersitz freiräumend, verrät er knapp. «Unser gemeinsamer Weg führt bis Verdun.»

Das Jackett wirft er auf die Rückbank. Eine Mappe mitsamt den Akten stapelt er neben dem Koffer im Heck, dazu das Bündel mit ihren Reiseutensilien.

Er startet den Motor, setzt den Wagen in Bewegung. Zunächst langsam. Als dieser den Beschleunigungsstreifen der vierspurigen Straße erreicht, geht er die Fahrt betont sportlich an.

«Warum in aller Welt Reims?», will er wissen. Das gut geschnittene Gesicht ihr zugewandt, während der Tachometer 160 anzeigt. «Paris dürfte prickelnder sein.»

Sie informiert, dass es die neuen, von Imi Knoebel gestalteten Fenster der gotischen Kathedrale sind, die sie nach Reims führen. Zuletzt habe sie die Kirchenfenster von Marc Chagall in Mainz und Zürich bewundert, auch die Arbeiten des Künstlers Gerhard Richter im Kölner Dom. Nun seien halt die von Knoebel an der Reihe.

Von der zwanzig Jahre Jüngeren lässt er sich zu den verschiedenartigen Motiven, Techniken, Materialien, Formen und der Farbgebung bei Glasmalereien unterweisen. Er hört fasziniert zu, erkundigt sich interessiert.

Auf Nachfrage berichtet sie von ihrer Arbeit in der Marketingabteilung eines kleinen Kunstbuch-Verlags im schweizerischen Neuchâtel. Dort habe sie täglich Zugang zu religiösen Themen. Sie lebe bei einem Freund, der im zwölften Semester Politikwissenschaft studiere, die Weltrevolution predige und sich mit Gelegenheitsjobs über Wasser halte.

Für Hobbys und Urlaub bleibe da selten Geld übrig. Trampen betrachte sie als Möglichkeit, nicht alltägliche Wünsche zu verwirklichen. Für zeitgenössische Künstler wie Knoebel könne sich ihr Freund eh nicht erwärmen. Dieser spöttele: *Sind alles Knechte des Kapitals.*

Er erinnert sich an seine Jugend, da er selbst als Hitchhiker unterwegs gewesen war: Auf der Suche nach der Fremde, Weite und sich selbst. Mit Rucksack, langer Haarmähne, ausgestellten Schlaghosen.

Heute trifft er nur noch vereinzelt auf Weltenbummler. Insofern sind Zufallsbekanntschaften wie diese für ihn eine Chance, sich vital zu geben.

Mit Bedauern erklärt er ihr, dass er sie nicht nach Reims begleiten könne. Er habe für den kommenden Tag ein Referat beim Internationalen Historiker-Kongress in Verdun fest vereinbart.

Sodann bereichert er den Dialog mit Kulturhistorischem zum Reimser Bauwerk: Die Krönungskirche der französischen Könige, umkämpfter Ort im Verlauf von La Grande Guerre, eine Stätte der Versöhnung nach dem Zweiten Weltkrieg.

Kurzweilig, überaus lebendig bis spritzig weiß er von der Teilung des karolingischen Erbes in Verdun 843 zu plaudern, vom Reich Lothars I. als Pufferzone zwischen dem West- und Ostfrankenreich seiner Brüder. Sie habe lediglich 27 Jahre existiert, sei mit dem Tod von Lothar II. endgültig Gegenstand machtpolitischer Ränkespiele geworden.

Das Streben nach natürlichen Grenzen zwischen Frankreich und Deutschland erweise sich seit damals als höchst unerfreuliche Thematik. Bis heute habe sie eine Vielzahl von Grenzverschiebungen zwischen Rhein und Maas zur Folge.

Sie lernt von ihm, wie er von ihr. Sachlich, neugierig. Im Umgangston immer kameradschaftlicher. Beide imponieren einander, ohne jedes Imponiergehabe, begegnen sich auf Augenhöhe. Schätzen und genießen es.

«Schön, dass wir ähnliche Vorlieben haben», schmunzelt er, beobachtet die Bewegung ihrer Hände, der Lippen. Das muntere Wesen erregt bei ihm mehr als rein fachliche Begeisterung.

Wann die Anrede vom Sie zum Du wechselt, und wer von den Beiden das miteinander vertraut Werden zuerst bemerkt? Irgendwo beim Überschreiten der Vogesen muss es geschehen sein.

Der Wortwechsel geschieht subtil, unbeachtet. So wie die deutsche Sprache bei der Fahrt nach Westen zum Elsässischen mutiert und bald ganz vom Französischen abgelöst wird.

Ein Straßenschild ruft ihm ins Gedächtnis, dass sich in Luxemburg, Flandern, Holland eigene Sprachen erhalten haben. Über die Zeiten hinweg sind sie

Beleg für das Pochen auf Eigenständigkeit im ehemaligen Zwischenreich Lothars.

Zur Verdeutlichung der sprachlichen und territorialen Gemengelage zitiert er das moselfränkische Bekenntnis der Luxemburger: *Wir welle bleiwe wat mir sin.* Sie verzichtet auf ein Bonmot in Schwyzerdütsch.

Er schaltet die Außenbeleuchtung des Autos an. Durch den starken Regen hat die Abenddämmerung früher als im Sommer üblich eingesetzt.

Dörfer ziehen schemenhaft vorbei, flackernde Lichter in den Häusern. Wolkenverhangene Wälder, nebelbedeckte Wiesen und Weiden.

Ohne Unterlass prasseln Wassermassen gegen die Fenster. Der Scheibenwischer quietscht aufgeregt. Hagelkörner hämmern blechern auf das Dach. Die Reifen schleudern Regenpfützen hart gegen den Unterboden der Grünen Minna.

So nennt er seinen Wagen liebevoll, getauft auf die Farbe des PKWs und den Namen der Tochter des Doktorvaters. Mit ihr verbindet ihn ein amouröses Fahrterlebnis vor zwei Dekaden.

Er hat die Geschwindigkeit gedrosselt. Dreißig Stundenkilometer sind bei den widrigen Witterungsverhältnissen für sein Gefährt das Äußerste. Mehr wäre nicht zu verantworten.

«Wie kann ich die Rückenlehne des Sitzes verstellen?» Sie räkelt gähnend den schlanken Körper.

Als Kavalier beugt er sich galant und hilfsbereit über sie. Das Steuerrad in der linken Hand, bedient er rechts einen Hebel. Die Lehne senkt sich.

Jetzt angelt seine rechte Hand auf dem Rücksitz nach der Leinenjacke und einem geringelten Pullover. Fürsorglich breitet sie der Fahrer über der Schläfrigen aus.

«Mach' ruhig die Augen zu. Ich wecke dich vor Verdun.»

Gegenüber der Eingenickten erwähnt er beiläufig, dass er in einem Dorf nahe der Stadt für sich Quartier gemacht hat.

Le Petit Bonheur liegt in einem Weiler auf den Höhen am Ufer der Maas. Ein altes Herrenhaus, aus massiven Kalksteinen erbaut. Mit acht Gästezimmern, ohne Restaurant.

Er hupt bei der Ankunft zweimal. Wie von Geisterhand öffnet sich das hölzerne Tor zur Einfahrt in den Hof.

Durch die schrille Hupe des Autos aufgeschreckt, wacht sie auf, reibt die Augen. Verwundert erblickt sie Unbekanntes, vernimmt französische Laute.

«Vous n'êtes pas seul, Monsieur?», stellt ein Concierge erstaunt fest. Aber auch «Bon, ça fait rien.»

Im Nu sind alle Transportstücke entladen, zehn lange Meter ohne Schirm im strömenden Regen zurückgelegt. Eilig wird aufgeweichter Lehmboden durchwatet. Die Fußabdrücke verlieren sich schnell im glitschigen Schlamm.

Über die knarrende Stiege führt man das Paar in eine geräumige Kammer mit Kamin, bleiverglasten Butzenscheiben, verblichenen Stofftapeten, antikem Mobiliar. Der Brokatvorhang wirft dekorativ Falten.

Mit einladender Handbewegung deutet der Concierge auf das vor Tagen telefonisch bestellte Tellergericht: Ziegenkäse, Tomaten, Ardenner Schinken und Quiche Lorraine. Stolz präsentiert der Mann eine entkorkte Flasche Beaujolais und ofenfrisches Baguette.

«Dies sollte für uns beide ausreichen, was meinst du?» Er schielt nach ihr. Die Frage bedarf keiner Erwiderung.

Flink ist die beige Überdecke des Französischen Betts in den Maßen ein Meter vierzig mal zwei Meter gefaltet, vom Hausdiener auf einem Beistelltisch deponiert. Zur Illumination zündet er zwei Kerzen an. Nach einem «Bonne soirée» fällt die Eichentür hinter dem Concierge eisern ins Schloss.

Bereits beim Betreten des Raums hatten die Neuankömmlinge die vom Lehm verschmutzten Schuhe ausgezogen und vor der Tür zum Trocknen aufgereiht.

Gut erzogen, lässt er ihr bei der Toilette und dem Ablegen durchnässter Kleider den Vortritt. Er wühlt derweil in seiner Aktenmappe.

Als sie aus dem Bad tritt, ist der Oberkörper unbekleidet. Ein Badetuch allein um die schmalen Hüften geschlungen.

Er sieht sie an. Ihren grazilen Hals, weiße Brüste, den makellosen Bauchnabel. Rosa lackierte Fingernägel glänzen.

Ihr Verhalten verwirrt, jedoch nur kurz. Es wirkt weder obszön noch schamlos, eher jugendlich unbefangen. Natürlich, wie selbstverständlich. Mit einem Schuss Egozentrik.

Jetzt sitzt sie aufrecht im Bett, den Rücken am gepolsterten Kopfteil. Ihren Zeigefinger in Richtung des vorbereiteten Abendbrots gestreckt.

«Ich möchte ein Stück Baguette mit viel Käse. Zuallererst aber ein großes Glas Rotwein als Willkommenstrunk.» Weiblich kokett folgt ein «Bitte».

Dienstbeflissen erfüllt er ihr jeden Wunsch. Reicht behänd ein Brot mit Ziegenkäse. Die Weingläser klingen beim Anstoßen wie helles Geläut.

Beide lachen, essen. Sprechen über das scheußliche Wetter, Kirchenfenster, weltliche und allzu weltliche Dinge.

«Ist das nicht öde, so ein Happening von Historikern?», unterstellt sie. «Treffen sich da nicht männliche Grufties mit weißen Bärten, dunklen Anzügen und altmodischen Fliegen? Im Gespräch mit verknöcherten, senilen Jungfern, piepsenden Archivmäusen?» Beschwipst kringelt sie sich.

«So schlimm ist es auch wieder nicht.» Er wiegelt ab. «Da kommen morgen bestimmt eine Menge Nachwuchsforscher. Die nutzen solche Treffs als Stellenbörse.»

Missbilligend runzelt sie die Stirn. Mimik und Gestik sind eindeutig.

Er ist verdutzt, füllt die Weingläser nach. «Äh, habe ich etwas Blödes gesagt? Ich kann mich nicht entsinnen.» Seine Pupillen fixieren den Kristallleuchter an der Decke.

Sie faucht garstig. «Streng deinen Grips an!»

«Ich werde verrückt!» Ihm dämmert es. «Du bist doch nicht etwa eine Emanze? Ich muss wohl extra beteuern, dass auch Frauen was in der Birne haben?»

«Du musst», brummt sie unterkühlt. «Im Übrigen bin ich keine Emanze, dafür emanzipiert.»

Mit dem Satz «Und ich bin kein Historiker, sondern Literaturgeograph» lotst er die Unterredung auf Unverfänglicheres, gibt weitere Einzelheiten zu seiner Person preis.

«Als Exot soll ich die Diskussion in Verdun wohl anreichern», so seine Vermutung. «Besitze allerdings keine Fliege als Halsschmuck, weder gestreift noch gepunktet. Bloß eine Krawatte mit Blümchen-Muster aus grauer Vorzeit.»

Ein herzhaft unbekümmertes Gejohle aus zwei Kehlen hallt in der Kammer, will kein Ende nehmen.

«Was für ein schöner Tag.» Sie atmet tief, legt eine Hand auf seinen muskulösen Unterarm. «Merci.»

«Wir machten uns getrennt auf den Weg, sind zusammen hierher gefahren, um diesen Abend gemeinsam zu verbringen.» Sie schaut nach ihm, vergnügt und zufrieden.

«Glaubst du an Zufälle?»

Er zögerlich. «Hm, weiß nicht so recht. Ich mache mich dann mal für die Nacht fertig.» Schon verschwindet er im Bad.

Nach zehn Minuten kehrt er zu ihr zurück, kalt geduscht und wohlgemut, im himmelblauen Pyjama. Den Odem des Mittelalters neutralisiert eine Zahnpasta mit Pfefferminzgeschmack.

Da träumt die Beifahrerin längst dem nächsten Tag entgegen. Entspannt, mit einem Engelslächeln. Von Kopf bis Fuß eingehüllt in ein weißes Laken.

Er schläft unruhig, ist aufgeputscht. Dreht und wendet sich auf seiner Betthälfte. Die Situation überfordert ihn, Männer-Phantasien halten ihn gefangen.

Für ihn ist es ungewohnt, die Nacht neben einer begehrenswerten Frau zu verbringen. Einfach nur so.

Um vier Uhr in der Früh flüchtet er aus dem warmen Lager. Kauert fröstelnd in einem Ohrensessel neben dem unbeheizten Kamin. Die um den Leib drapierte Überdecke des Betts bietet kargen Schutz vor innerer Kälte und mangelnder Behaglichkeit.

Sie erwacht gegen sieben Uhr, ausgeruht und gut gelaunt. Das Übernachten in Mehrbettzimmern bei Freunden ist für sie gelebter Alltag, nichts Ungewöhnliches.

Mit Erstaunen nimmt sie wahr, dass er bereits aufgestanden ist. Munter guckt sie Richtung Fenster.

Der Himmel hat über Nacht aufgeklart. Heiteres Morgenlicht blinzelt durch die Scheiben. Nur am Horizont ein tief hängendes Firmament und Wolken, die hastig ostwärts ziehen.

«By the way, ich hab' nachgedacht», gesteht sie ihm. «Was ich dir gestern noch sagen wollte …»

Er blickt voller Bangen und Hoffen zu ihr hinüber. Sie zwinkert ihm zu.

«Das Kölner Kirchenfenster von Gerhard Richter erstrahlt besonders prächtig um die Mittagsstunde. So eine Art leuchtender Teppich fürs Meditieren. Total cool. Da musst du unbedingt hin.»

Müde, unrasiert, über sein unfertiges Referat für den internationalen Kongress brütend, setzt er sich zu ihr auf die Bettkante.

«Wie gern würde ich jetzt mit dir durchbrennen. Nach Paris. Oder auch nur bis Reims.»

Bevor er weitere Pläne schmieden kann, berührt ihre Hand den geöffneten Mund. Streichelt sanft über seinen Kopf.

Das Petit Déjeuner hat die Frau des Concierge im Turmgemach hergerichtet: Zwei Croissants, Baguette-Stücke von zehn bis fünfzehn Zentimetern Länge, Mirabellenmarmelade und gesalzene Butter in Plastikdöschen. Die Messer sind in Papierservietten gewickelt. Dazu für jeden eine Boule, gefüllt mit dampfendem Café au Lait.

«Extrem mickrig, so ein französisches Frühstück. Dürfte im Übernachtungspreis ja wohl inkludiert sein?» Er rümpft die Nase, tastet nach ihrer Hand. «Hätte dir gerne mehr Luxus gegönnt.»

Der Frühstückstisch steht in einer raumhohen Fensternische mit neugotischem Rundbogen, bietet den Gästen weite Sicht. Auf eine wellige, ockerfarbene Hochfläche mit abgeernteten Raps- und Weizenfeldern, niedrige Hecken als grüne Grenzmarkierung, kleine Ansammlungen von buschigem Gehölz. Tupfer von rotem Klatschmohn zieren saftige Wiesen. Keine Straßen, Autos, Menschen sind zu sehen. Allein die malerische Natur gibt sich ein Stelldichein.

«Die Farben Lothringens ändern sich, den Jahreszeiten entsprechend», vermerkt er nach einem Schluck Kaffee trocken.

«Sie bieten stets aufs Neue ein Schauspiel für Augen und Sinne. Keinerlei Hektik verbreitend ermöglichen sie ein Relaxen pur. Wie deine bunten Kirchenfenster.»

Gegen neun Uhr bringt er sie mit dem Wagen zur nächsten Autobahnauffahrt. Hält mit den Händen das Lenkrad umklammert.

Sie zieht ihr T-Shirt mit dem Aufdruck PROUD TO BE A GIRL straff. Die an Po und Schenkeln eng anliegende Jeans zwickt.

Beide schweigen im Verlauf der Wegstrecke, stieren vor sich hin, scheinen den jeweils anderen nicht wahrzunehmen.

«Sehen wir uns wieder?»

Mit stereotyp klingenden Worten verabschiedet er die ihm seit einem Tag Vertraute. Dennoch schwingt Optimismus mit, auch wenn sie teilnahmslos dasitzt.

«Schreib' mir für alle Fälle deine Telefon-Nummer auf», bettelt er fast flehentlich. Dezent steckt er ihr seine Mobilnummer zu.

Geschwind notiert sie Zahlen auf einer Tankquittung, die er in der Mittelkonsole der Grünen Minna für steuerliche Zwecke aufbewahrt. Schnappt sich die Umhängetasche, öffnet die Autotür, haucht ein «Adieu» auf seine Stirn.

Er sieht ihr nach. Richtung Reims, Paris. An silbern blinkenden Sportschuhen klebt die ockergelbe Erde Lothringens.

Alte Kameraden

Als der Literaturgeograph das Palais des Congrès in Verdun betritt, hat ein deutsch-französisches Schlachtengetümmel begonnen.

Der Präfekt des Départements Meuse lässt den Ur-Vater aller Europäer, Charlemagne, in französischer Sprache hochleben. Karl der Große sei durch und durch ein Lothringer gewesen, wovon die Pfalz in Thionville und das Bistum Metz zeugen.

Die Kulturministerin eines deutschen Bundeslandes knüpft in ihrer Grußadresse allzu gern an das Erbe des Karolingerreichs an, ohne sich freilich den Hinweis zu versagen, dass Aachen der Lebensmittelpunkt des Kaisers und seines Hofstaates war. Für sie ein Grund, in Deutsch vorzutragen, zumal ihr Schulfranzösisch dringend der Auffrischung bedürfe.

Aber auch die Politikerin von jenseits des Rheins will an einer geschichtsbeladenen Stätte wie Verdun versöhnlich enden. Sie schließt daher mit der pathetischen Formel von Charles de Gaulle, für sie ein authentischer Sohn Lothringens: *Vive la France! Vive l'Allemagne! Vive la coopération franco-allemande!*

Zwischenzeitlich hat der zu spät Gekommene einen freien Platz erspäht. In der vorletzten Reihe, am Gang. Auf Zehenspitzen pirscht er an, ergattert ihn, ist erleichtert. Vorsichtig setzt er sich auf den ächzenden Stuhl, legt die Aktentasche und einen überdimensioniert großen Folienband auf den Nachbarsitz.

Von seinem Platz kann er rund zweihundert zumeist grauhaarige und kahle Hinterköpfe betrachten, allesamt der männlichen Spezies zugehörig. Dazu rot-braun gefärbte oder blondierte Frauenhaare.

Eminenzen und Exzellenzen bevölkern die erste Reihe im Saal. Ihre schiere Anwesenheit verleiht der Versammlung öffentliche Wahrnehmung und Reputation.

Die Beine über Kreuz, Arme vor der Brust verschränkt, Hände auf dem Schoß gefaltet. So verfolgen die Honoratioren jedes Wort der Eröffnungsreden. Dies routiniert, mit einer bei ungezählten Ereignissen antrainiert würdigen Haltung und gespielten Geistesgegenwart.

Dahinter in den Reihen zwei bis vier kraftvolle Claqueure, die der ersten Reihe möglichst nahe sein wollen. Der eine und andere von ihnen mochte früher selbst einmal ganz vorne platziert worden sein, sogar namentlich.

Zu dieser Gruppe Altgedienter gesellen sich hoch motivierte Aufsteiger der Historikerzunft. Durch ersichtliche Präsenz versprechen sie sich für die Zukunft einen Platz im Scheinwerferlicht.

Ab Reihe fünf die an den Vorträgen, Debatten und Inhalten Interessierten. Von den Organisatoren wenig hofierte Personen beiderlei Geschlechts, ob jung oder alt, mit großem Wissensdurst.

Diese erhoffen sich nichts von der ersten Stuhlreihe, dafür aus erster Hand neue Antworten auf alte Fragestellungen. Am Ende der Zusammenkunft wollen sie geistig inspiriert nach Hause fahren, das Vernommene vertiefen, selbst recherchieren und intensiv forschen. Geknüpfte Fachkontakte um neuer Erkenntnisse willen pflegen.

Der Gastredner schätzt die Abgeschiedenheit und private Atmosphäre der hinteren Stuhlreihen. Oft hat er erlebt, dass Gleichgesinnte bei aufkeimender Langeweile E-Mails lesen, Korrespondenzen erledigen, Grüße versenden.

Auch das Blättern in Magazinen von handlichem Format ist hier Sitzenden nicht fremd. Keine Seltenheit, renommierte Wissenschaftlerinnen beim Feilen rotlackierter Fingernägel zu erwischen.

Das Eingangsreferat hält eine Professorin für Neueste Geschichte an der Sorbonne. Die schmächtige Dame ragt hinter dem Rednerpult kaum hervor,

ordert eine Fußbank. Eloquent lässt sie hiernach das
20. Jahrhundert Revue passieren.

Der illustren Gesellschaft ruft sie ins Gedächtnis, dass bei den Kämpfen um Verdun und an der
Somme 1916 mehr Soldaten ihr Leben verloren als
27 Jahre später in Stalingrad. Sie zitiert den Luxemburger Jean-Claude Juncker, wonach nur derjenige
Europa verstehe, der seine Soldatenfriedhöfe besucht
habe.

Nach detailreichen Schilderungen zu Robert
Schuman, einem aus Lothringen stammenden Grün-
dungsvater der Europäischen Gemeinschaft für
Kohle und Stahl, endet die wissenschaftliche Exper-
tise mit der politisch korrekten Feststellung.

«Der eingeschlagene Weg zur Politischen Union
Europas ist für den Erhalt des Friedens auf dem
Kontinent alternativlos.»

Frenetischer Beifall im Saal ist der Lohn.

Nach dem gewollt harmonischen Auftakt der Veranstaltung ist das Auditorium plötzlich hellwach.
Nicht nur des Klatschens wegen, auch aufgrund des
sich anschließenden Vormittag-Panels.

Sogar die letzten Reihen im Saal fiebern einem
Duell in englischer Sprache und anthrazitfarbenen
Maßanzügen entgegen. Laut hörbar wird es von zwei
heißblütigen Hochschullehrern ausgefochten, die
kurz vor der Emeritierung stehen. Über eine Stunde

wüten Angriff und gegnerische Attacke, persönliche Animositäten mehr schlecht als recht verbergend.

In dieser Heftigkeit hat niemand das Streitgespräch erwartet, sind doch die Argumente der Kontrahenten seit langem publik und auf vielen Foren ausgetauscht. Aber eine nach Verdun einberufene Historikertagung scheint wie geschaffen für Wortgefechte alter Widersacher.

Es geht um die über fünfzig Jahre während Kontroverse, ob das Deutsche Reich den Ersten Weltkrieg «bewusst vom Zaun gebrochen hat, womit die Kriegsschuld geklärt ist». Hierfür macht sich die deutsche Koryphäe stark.

Sein französisches Pendant plädiert hingegen, unter Bezug auf neuere angelsächsische Arbeiten, dass es sich bei den Regierenden der kriegsführenden Staaten um *Sleepwalkers* gehandelt habe. Also um Schlafwandler, die 1914 eine heraufziehende europäische Katastrophe nicht erkannten oder sehen wollten. Allein durch ihr verantwortungsloses, kollektives Tun seien die Nationen in die Apokalypse geschlittert.

Der Franzose setzt das Attentat von Sarajewo mitsamt den Folgen in eine Parallele zum 9. September 2001, vergleicht die Ermordung des österreichischen Thronerben Franz Ferdinand am 28. Juni 1914 mit den terroristischen Anschlägen von New York City und Washington D.C. Dabei verurteilt er die seiner Meinung nach desaströse Rolle der USA nach 2001. Die Destabilisierung des Nahen Ostens sei Ergebnis des von Amerika propagierten Kampfs gegen die *Achse des Bösen.*

Er komme nicht herum zu warnen, dass die bürgerliche Gesellschaft heute für populistische Parolen und simple Lösungen anfällig sei, wie 1914 und 2001. Mit schlafwandlerischer Sicherheit taumele sie dem eigenen Untergang entgegen, am Ende gar befördert und besiegelt durch demokratische Wahlen.

Der deutsche Kollege will hingegen seine Aussagen allein auf lang Vergangenes beschränken. «Geschichte wiederholt sich nicht.» So die dezidierte Überzeugung.

«Da stoßen ja wohl zwei Historikerschulen unverblümt aufeinander.» Der Pressevertreter von *Le Monde* windet sich genüsslich auf dem Sitz, hat das Bedürfnis, sich jemandem anzuvertrauen. Mit dem Zeigefinger tippt der Journalist seinem Vordermann auf die Schulter. «Pardon, was meinen Sie?»

Der Literaturgeograph schrickt zusammen, reagiert reflexhaft und gestelzt. «Kein Kommentar! Als Laie fehlt mir schlichtweg das Rüstzeug für eine profunde Äußerung.»

Stattdessen vergräbt er sich in einem Papierstapel. Für die Gastvorlesung am Abend muss er noch Vorbereitungen treffen. Ursprünglich war dafür der vorangegangene Tag eingeplant. In *Le Petit Bonheur* ist es schlussendlich anders gekommen.

Zerstreut und zerfahren wälzt er in mitgebrachten Vorarbeiten. Ordnet Seiten, gruppiert sie um, eliminiert ganze Abschnitte, fügt Sätze ein. Als Stichwortgeber und Gedankenstützen sollen neu angelegte weiße Karteikarten dienen.

Wie stets ist es sein Anliegen, ein maßgeschneidertes Referat abzuliefern. Nicht von der Stange, sondern auf die jeweilige Zuhörerschaft und den Anlass bezogen, dies möglichst in freier Rede.

Mit einem Ohr lauscht er den Vorträgen, nimmt das Fluidum im Saal wahr, jedes Scharren, Hüsteln, Knistern. Seine Augen überfliegen unentwegt die handschriftlichen Aufzeichnungen, bekommen jedes Kopfschütteln der Kongressteilnehmer spitz, deren Zu- und Abnicken.

Die Gedanken aber sind woanders.

Die Begegnung mit ihr, der kunstbeflissenen Tramperin, hält ihn auf Trab. Er vermag es nicht, ihre Existenz wenigstens für den Moment zu verdrängen. Abstruse Wünsche schwirren durch den Kopf.

‹Konzentriere dich gefälligst auf das Referat, du Narr. Die Frau ist viel zu jung›, mahnt er sich. Eine Petitesse bleibt ihm als Hochschullehrer allerdings nicht verborgen. ‹Sie ist dem Studentenalter gottlob entwachsen. Dadurch kein verbotenes Terrain.›

Nach fast drei Stunden vom Protokoll verordneter Sesshaftigkeit versammeln sich die Teilnehmer des Meetings im Foyer zum Déjeuner. Bei Speis, Trank und Small Talk ist ein jeder zur Mittagszeit aktiv.

«Das war mal wieder typisch für zwei Streithähne. Gockeln als Wichtigtuer über das Parkett», ereifert sich eine Dame mit trendigem Kurzhaarschnitt. «Frauen in der Runde hätten die Situation entschärft und den Disput versachlicht.»

Die Frauenbeauftragte einer Exzellenz-Universität kostet an ihrem Glas Sancerre, jongliert den Partyteller geschickt mit der anderen Hand. Auf der Pappscheibe die Tranche einer Paté à la Champagne, Senfgurke und ein abgebrochenes Stück Fiselle.

«Wir müssen den Ersten Weltkrieg unter Gender-Aspekten endlich neu bewerten.» So ihr Credo. «Auf die hier zum Besten gegebenen ollen Kamellen sollte man schnellstmöglich verzichten.»

Ein im akademischen Mittelbau hängengebliebenes Talent sekundiert der Berlinerin. Eine Pollenallergie reizt die Schleimhäute.

«Ihre Arbeiten zur sozialen Verflechtung der europäischen Adelshäuser sind schlechthin bahnbrechend. Sie konkretisieren trefflich die supranationale Bedeutung von Eheschließungen am Vorabend des Ersten Weltkriegs, damit einhergehend die herausragende Stellung von uns Frauen in der Politik.»

«Dass ein derart innovativer Ansatz heute Morgen nicht einmal erwähnt wurde, ist bezeichnend.» Die nach einer neuen Assistentenstelle Ausschau Haltende näselt. «Wie können wir neue Wahrheiten gewinnen, wenn der Männerwirtschaft nicht schleunigst ein Ende gemacht wird?»

«Falls ich mir den Quatsch von der Alternativlosigkeit der aktuellen Politik noch länger antue, glaub' ich am Ende noch selbst daran», entrüstet sich andernorts ein jüngerer Gelehrter aus dem Rheinland. Für seine messerscharfen Analysen wurde Heribert Küppers mehrfach prämiert.

«Das ist doch alles Kokolores», brandmarkt er vernehmbar. «Völlig ahistorisch, was da von der Kollegin aus Paris verzapft und beklatscht wurde.»

«Es gibt nichts, aber auch gar nichts, was nicht unumkehrbar wäre. Sonst hätte die westeuropäische Geschichte womöglich mit dem Reich Karls des Großen geendet. Ist aber nicht geschehen.»

«Und die Europäische Union wird irgendwann ebenfalls Vergangenheit sein», prophezeit er den um einen Stehtisch Gruppierten. «In zig Teile zerfallen, wie so mancher Vielvölkerstaat. Denken Sie an die Sowjetunion, an Österreich-Ungarn, vom Römischen Reich ganz zu schweigen.»

Die Geschichte kenne viele Wege und gebe verblüffende Antworten – auch positive. Heribert

Küppers genehmigt sich ein Radieschen, knabbert daran mit der Arroganz des Wissenden.

«Wer von Ihnen hätte im Herbst 1989 eine Vereinigung der damals zwei deutschen Staaten für möglich gehalten? Das binnen Jahresfrist? Wohl niemand.»

Ein sich als Sachse outender Sechzigjähriger verweist schalkhaft auf Erich Honecker, auf dessen dem Gespött und Hohn anheimgefallenen Glaubenssatz: *Den Sozialismus in seinem Lauf halten weder Ochs noch Esel auf.*

Das Aperçu des ehemaligen Vorsitzenden des Staatsrats der DDR trifft bei französischen Historikern auf Belustigung. Ebenso die als Dessert angebotenen Petits Fours in Schwarz, Rot, Gold.

Der eine und andere Franzose erinnert beim Mittagstisch an Charles de Gaulle und das von ihm als Staatspräsident postulierte *Europa der Vaterländer.* Man fragt sich, ob die Idee noch zeitgemäß ist? Oder gerade jetzt?

Bei allen Unterschieden von männlichen und weiblichen Interpretationsversuchen der Vergangenheit, ob von berühmten Vielrednern vorgebracht oder nach einem eigenen Profil strebenden Youngstern: Das Ambiente des Déjeuner entspricht der Gediegenheit einer traditionsreichen Disziplin.

Geschichtskundige wissen, dass alles seine Zeit

hat. Auch und vor allem das auf Tagungen Gepre-
digte. Manchmal wird alter Wein in neuen Schläu-
chen kredenzt, ein anderes Mal junger Wein in alten.

Der Gastreferent stochert, abseits vom fachhisto-
rischen Diskurs, mit der Gabel im Zwiebelkuchen.
Mit Appetit verspeist er eine Salade Vosgienne. Verlangt nach einem Glas Wasser statt des roten Bur-
gunders, den die meisten Männer ab Vierzig favori-
sieren.

‹Das Savoir vivre ist heute nicht mein Ding›.
Nach schlaflosen Nachtstunden kämpft er gegen zunehmende Erschöpfung.

Mit ‹Ein Gutes hat die Müdigkeit ja›, stimmt er
sich für seinen Auftritt am Abend positiv. ‹Das
Sprechtempo reduziert sich von allein. So kann der
vorproduzierte rote Zettel mit dem Appell SPRICH
LANGSAM getrost in der Jacke stecken bleiben.›

Zettelkästen

Vor Beginn der Abendveranstaltung noch flugs zur Toilette. Er liebt den Ort der Stille und Entschleunigung, bevor sich der Vorhang auf einer Bühne öffnet. Dieses Ritual ist für ihn Teil jedes öffentlichen Auftritts.

Noch einmal den psychischen und körperlichen Druck abbauen, durchatmen, Hände waschen. Zugleich den Fokus auf das richten, was ansteht.

Ein Blick in den Spiegel. Die polierte Kopfhaut mit beiden Händen dehnend, die Augen mit Wasser befeuchtend. An den Schläfen und am Hals entfalten bei Reisen gehortete Erfrischungstücher ihre belebende Wirkung.

‹Au Backe, der Binder fehlt.› Ein Schreck fährt ihm in die Glieder. ‹Muss noch im Koffer liegen. Und der ist im Hotel. Verflixt noch mal.› Er hadert mit sich und der häuslichen Schlampigkeit.

Bei einer Rede vor Geographen hätte ihm der krawattenlose Auftritt nichts ausgemacht. Solchen nehmen die meisten seiner Kollegen als völlig normal hin. Eine gewisse Erdverbundenheit, Ungezwungenheit, auch Nonkonformität werden in der Regel mit Wohlwollen quittiert.

Bei dem Historikertreffen in Verdun könnte ein Fehlen des Accessoires allerdings als Affront gewertet werden. Dies ist ihm schmerzlich bewusst. ‹Da brauche ich erst gar nicht den Mund aufmachen. Die Großordinarien der Zunft machten Hackfleisch aus mir.›

Was aber tun? Er kann den Eklat schwerlich verhindern. Stehenden Fußes muss er in den Saal, in zwei Minuten ist er an der Reihe. Die Uhr über der Eingangstür tickt.

Schweiß perlt aus allen Poren. Er wischt die Stirn mit den Handrücken ab, so recht und schlecht es eben geht. Gebückt schleicht er zum angestammten Platz.

Beim Nähertreten fällt sein nervöser Blick auf den Berichterstatter von *Le Monde*. Dessen weiß-rot gestreifte Krawatte erheischt Respekt.

‹Soll er?› Ein Gedanke schießt ihm durch den Kopf. Nonchalant spricht er den Journalisten an. «Excusez-moi, Monsieur. J'ai un problème grave …» Schon wechselt der Gegenstand seiner Begierde den Besitzer.

Blauer Leinenanzug, weißes Hemd, dazu der geliehene Binder. Der Gast aus Deutschland empfindet sich als ‹très chique›, dem Anlass entsprechend. ‹Wer sonst tritt hier in den französischen Nationalfarben an?›

«Haben Sie sich einmal Ihre Schuhe angesehen?», gibt ihm der fürsorgliche Pariser als Wink mit auf den Weg. Dazu zwei, drei Papiertücher für die Grobreinigung. «Sie waren heute früh im Gelände unterwegs? Machen Geographen ja oft und gern.»

Schlag 18.30 Uhr. Die Glocke der Sitzungspräsidentin drängt Platz zu nehmen.

Die Dutt, wie sie wegen ihres Haarknotens und eines nur von Insidern aussprechbaren Doppelnamens in Fachkreisen genannt wird, hat den Vorsitz der abendlichen Versammlung inne, gegen namhafte männliche Konkurrenz erobert.

Als Erstes muss sie die deutsche Ministerin entschuldigen, die sich wegen dringender Dienstgeschäfte auf den Heimweg begeben habe. «Ich soll Sie herzlich grüßen. Glauben Sie mir: Der Abschied ist ihr nicht leichtgefallen.»

Die Dutt taxiert ihr Publikum über den oberen Rand der gescheckten Hornbrille, verordnet sich eine Kunstpause. Dann kommt sie zum Inhaltlichen.

«Wenn wir als Geschichtswissenschaftler, egal ob Frau oder Mann, die gesellschaftliche Relevanz unseres Fachs unter Beweis stellen wollen, dann müssen wir überkommene Grenzen negieren und Anregungen für innovative Forschungsansätze von Dritten aufgreifen.»

Die Historikerin vervollständigt. «Wir sollten

mehr interdisziplinär arbeiten, dabei unterschiedliche Sichtachsen fruchtbar machen.» Transnationale Kooperationen, wie sie in Verdun zum Ausdruck kämen, seien heute eine «conditio sine qua non».

Auch deshalb unterstütze die international tätige Versicherungsgesellschaft HAPPY LIFE den Kongress als Hauptsponsor. «Der Vorstandsvorsitzende des Konzerns, Honorarprofessor Felix Braun, ist zugegen und bei uns gern gesehen!»

Anschließend stellt die Dutt die Literaturgeographie als einen erst kürzlich an Universitäten akkreditierten Studiengang vor. Persönlich sei sie nicht sicher, ob sich das Fach etabliere. Eventuell bestehe die Gefahr, dass es zu einer Art Heimatkunde degeneriere, ein pädagogisches Wurzelwerk à la Eduard Spranger Urstände feiere.

Bei der Vita des 51-jährigen Gastes begnügt sie sich zunächst mit dem summarischen Hinweis auf rund sechzig mehr oder weniger achtbare Veröffentlichungen, darunter Monographien, Buch- und Zeitschriftenbeiträge. Er lehre in Augsburg, der Geburtsstadt des Dramatikers Bertold Brecht. Somit habe er einen fast exklusiven Zugang zur Verflechtung von Geist und Raum.

Seiner Habilitationsschrift *Der Wandel der Kulturlandschaft am westlichen Hunsrückrand* widmet sie das Hauptaugenmerk. Ihr komme für den heutigen Abend insoweit eine Bedeutung zu, als sich das

Thema des anstehenden Vortrags hieraus ableite: *Lothringen – Wo Natur und Literatur sich auf engstem Raum verbinden.*

Nach zwanzigminütiger Einführung übergibt die Sitzungspräsidentin das Wort an den Gastredner, unter Verwendung einer bewährten Floskel. «Mit großer Freude darf ich Sie zu mir auf das Podium bitten.»

Ihre gestrenge Miene und der Willkommensapplaus lassen ihn zum Stehpult eilen, die Aktentasche mit Bruchstücken eines Manuskripts sowie den Folienband unter dem Arm.

Beim Erklimmen der Bühne überspringt er drei vor ihm liegende Stufen. Er kommt leichtfüßig daher, auch wenn ihm anders zumute ist.

Altersgemäß beschwingt legt er den Folienband auf dem Pult ab, holt einen Stapel Karteikarten aus der Tasche, erbittet ein Glas mit stillem Wasser. Danach richtet er das Mikrophon neu aus, nimmt das Auditorium ins Visier.

Die erste Stuhlreihe ist weitgehend unbesetzt. Für ihn wenig verwunderlich, da nach dem Déjeuner die Ministerin und viele Ehrengäste nicht mehr gesichtet wurden. Dies hat zu Domino-Effekten bei den nachfolgenden Reihen geführt. Hier bleibt jeder dritte Platz leer.

Etwas jedoch kann sich der Redner zu Gute

halten. ‹Im Saal sind immerhin zwei Drittel der Tagungsbesucher noch anwesend.› Dies ist ihm Ansporn.

Er zupft die Krawatte und das Jackett in den Farben der Trikolore zurecht, nimmt die Zuhörer ein anderes Mal ins Fadenkreuz. Unvermittelt startet er mit seinem Vortrag.

«Kennen Sie Kastel?» Er schaut fragend. «Nicht irgendeinen der vielen Plätze gleichen Namens, sondern das an der Saar zwischen Saarbrücken und Trier gelegene Dorf?»

Keiner meldet sich. Im Saal ist es mucksmäuschenstill. Viele sind irritiert, wissen nicht, wie ihnen widerfährt. Können sein Mit-der-Tür-ins-Haus-fallen nicht deuten, halten es für unangebracht. Sie verfallen in Schockstarre, mit der erbleichten Vorsitzenden auf der Empore.

Als didaktisch Geschulter will er das Publikum von Anfang an in seine Gedankengänge einbinden. Die Stoffinhalte sollen lebendig dargeboten werden, zum interaktiven Dialog verleiten, ihn notfalls erzwingen.

Nichts ist ihm verhasster, als auf Konferenzen zu erdulden, dass Menschen wie regungslose Puppen dasitzen. Er möchte ihren Pulsschlag und Atem spüren, spontan agieren.

‹Wer will denn freiwillig in einem stickigen Raum

einsperrt sein? Beim Frontalunterricht am Ende ein-
nicken?› Da schließt er von sich auf Andere.

Erst jetzt, im Anschluss an die noch unbeantwor-
tete Eingangsfrage, vernehmen Sitzungsleitung und
Plenum die längst ersehnte Grußformel. «Frau Präsidentin, meine Damen und Herren!»

Erleichterung allerorten. In den ersten Stuhlreihen verbal gewürzt mit feinem Sarkasmus.

Und als würde er um Vergebung für den gewähl-
ten Auftakt bitten, ein artiger Nachsatz. «Ich danke
Ihnen für die Einladung. Es ist für mich eine Ehre,
zu Ihnen zu sprechen.»

Zwar bleibt die Bedeutung des Orts Kastel unge-
klärt, gleichwohl schiebt er eine zweite Denkaufgabe
nach.

«Sagt Ihnen der Name Arno Schmidt etwas?»

Eine Dame mit Sopranstimme meldet sich,
spricht vom «Dichter mit dem Zettelkasten». Eine
andere kennt Arno Schmidt als «zuletzt in der Lüne-
burger Heide wohnhaft».

«In der Tat. Beide Wortmeldungen sind richtig.»
Der Referent attestiert den Damen hervorragendes
Wissen in Literatur, lächelt gnädig, ist mit sich zu-
frieden.

Sodann setzt er die Eingangsfrage nach Kastel in
einen Bezugsrahmen zu Arno Schmidt, was im Saal
Verwunderung und Spannung auslöst.

«Der Schriftsteller hat in den fünfziger Jahren mit seiner Frau Alice in Kastel gelebt. Exakt von 1951 bis 1955, in dieser vierhundert Seelen-Gemeinde.»

«Kastel ist einer jener Orte, bei denen die vom Atlantik sich ausbreitenden Landschaften des maritimen Muschelkalks schlagartig enden. In unserem Fall an den ersten Erhebungen des Rheinischen Schiefergebirges.»

Er entfaltet eine geologische Zeichnung, befestigt das Blatt mit transparenten Klebefolien an der Vorderseite des Stehpults. Erläuterungen dazu liest er von einem der weißen Spickzettel ab.

«Im Raum Kastel trennt ein durch tektonische Kräfte an die Erdoberfläche gelangtes, etwa fünf Kilometer schmales Band aus rotem Sandstein das landwirtschaftlich fruchtbare Lothringen vom waldreichen deutschen Mittelgebirge.»

Er steht seitlich vom Pult. Veranschaulicht die unterschiedlichen Naturräume, indem er mit halbkreisförmigen Bewegungen der Hände über das Papier wandert, beschreibt eine Linie an den westlichen Abhängen von Hunsrück und Eifel.

«Mehr noch: Als Folge der bis heute fortbestehenden Hebung des Schiefergebirges, den daraus resultierenden geomorphologischen und klimatischen Unterschieden zu den westlich angrenzenden Territorien reiben sich an dieser Linie nicht nur Naturlandschaften. Auch deutsch-französische Kultur-,

42

Sprach- und Ländergrenzen ringen seit alters her miteinander.»

«Genau hier nun liegt Kastel. Es ist insofern ein dramatischer Schauplatz von Natur, Kultur und Politik.» Er senkt die Stimme, passt sie der gefühlsbetonten Aussage an. «Welch eine großartige Möglichkeit, Kulturräume als Symbiose von natürlichen Vorgaben und menschlichem Handeln zu begreifen.»

Das Publikum ist bass erstaunt, als es ein weiteres Novum gewahr wird.

«Arno Schmidt hat ein literarisches Fragment hinterlassen, das an seinem damaligen Wohnsitz entstand: *Die Feuerstellung*. Und Kastel bildet das Zentrum der Handlung!»

«Was aber ist daran das Besondere? Stellen Sie sich vor ...» Er erhöht die Spannung. «Als Gegner der atomaren Bewaffnung der deutschen Bundeswehr skizziert der Schriftsteller das grauenvolle Bild eines Dritten Weltkriegs. Den lässt er am Westrand des Hunsrücks toben, entlang den Dörfern an der Unteren Saar.»

Der Literaturgeograph fasst nach dem Folienband im DIN A3-Format, hält ihn wie einen Schatz in Händen, schlägt ihn behutsam auf. Er beinhaltet das Faksimile der Handschrift Arno Schmidts mit Transkription.

Er prüft eine von ihm mit gelbem Stift markierte Stelle. Ein Soldat als Ich-Erzähler berichtet.

«Halt!!»: ich stieg vorsichtshalber noch einmal aus, und umging, den Geigerzähler in der Hand, den Hochspannungsmast (die Leitung kam hier der Straße am nächsten: die Masten mußten irgendwie eine unheimliche Dosis bekommen haben, denn noch 100 Meter zu beiden Seiten der Leitung maß ich 170 Röntgen: «Gem'm Se Gas, Wolters –: und durch!»)

So: Hier war die Strahlung wieder kaum noch meßbar. Und ich schleuste sie; ich, immer auf dem Trittbrett; höher die polternde Straße hinauf; immer höher; bis das Kühlwasser sott; und der Weg in der Dämmerung enger wurde: «Warten Se ma, Wolter!»

«Der militärische Trupp erreicht beim Kampf gegen den unsichtbaren atomaren Feind schließlich Kastel», so der Redner. Arno Schmidt beschreibe die Örtlichkeit, *160 Meter über der Saar*, wie sie sich Reisenden noch heute weitgehend darbiete.

Dem Dorf hätten weder der fiktive Dritte Weltkrieg noch die realen Kriegswirren der letzten 150 Jahre in seiner Eigenheit etwas anhaben können, eher die jüngsten Umbrüche in Wirtschaft und Gesellschaft.

Das durch die Agrargesellschaft geprägte lothringische Einheitshaus verliere neuerdings die dominierende Stellung im Ortsbild. Wohnhaus, Pferde- wie Kuhstall, Tenne und Schweineställe – meist in dieser

Anordnung und unter einem Dach – seien funktionslos geworden. Manche Tenne habe man zur Garage umfunktioniert.

Trotzdem könnten die alten Bauernhäuser auch von Nichtfachleuten problemlos nachempfunden werden, so bei der einstigen Unterkunft von Arno und Alice Schmidt.

Der *Feuerstellung* wie auch den Vertretern der Historikerzunft Tribut zollend, berichtet er, dass die Bevölkerung von Kastel im Frühling 1916 tagein, tagaus den Donner der Artillerie-Geschütze vor Verdun ertragen musste.

Im Herbst und Winter 1944/45 hätten sich dann am Westwall, nur ein paar Kilometer entfernt, deutsche und amerikanische Truppen monatelang in einem blutigen Stellungskrieg verschanzt. Viele der getöteten Deutschen wurden auf dem Friedhof am Rand von Kastel bestattet.

«Was aber bewog 1951 den Kriegsflüchtling Arno Schmidt aus Schlesien ausgerechnet hier Quartier zu nehmen? Im deutsch-französischen Grenzgebiet, das seit tausend Jahren umkämpft ist?» Es ist eine Überlegung, die alle umtreibt.

Er nippt am Wasserglas, befeuchtet Gaumen und Zunge. Erfreut registriert er, wie das von ihm Vermittelte mehr und mehr Zuhörer in den Bann zieht, insbesondere weibliche.

Die emsig eingeleitete Fahndung nach einer just benötigten Karteikarte ist lästig, bekümmert ihn aber wenig. Sein Instinkt beim Durchforsten des mitgeführten Wusts an Papieren lässt ihn nicht im Stich.

Ein «Voilà» kündet vom Fund des vermissten Anschlusszettels, dessen sperrigen Inhalt er professionell abspult.

«Die schroffen, natürlichen Gegensätze und die Abgeschiedenheit des Wohnorts Kastel schienen dem Ehepaar Schmidt eine Quelle für Ausgeglichenheit und Inspiration zu bieten. Damit verbunden gab die abwechslungsreiche Umgebung willkommene Anlässe zu täglichen Spaziergängen.»

«Für Arno und Alice Schmidt war also, nach allem was wir wissen, die Natur der entscheidende Faktor, sich als Kulturschaffende hier anzusiedeln», resümiert er.

«Gerne hätte ich Ihnen an dieser Stelle einige Fotoaufnahmen gezeigt, die das Gesagte visualisieren», flicht er ein. «Wie mir die Verantwortlichen des Kongresses im Vorfeld mitteilten, sind die technischen Vorrichtungen dafür leider nicht verfügbar.»

«Ich setze somit ganz auf Ihre visuelle Vorstellungskraft, wenn ich die Ich-Person des in und um Kastel angesiedelten Fragments *Die Feuerstellung* abermals zu Gehör bringe.»

Zwischen Häusern: ein kleiner Platz. Misthaufen

vor allen Eingängen (aber wegen der Kälte roch man gottlob nichts!) Und die Karte vor die Nase. Einnorden. – Aha:

Aa – ha!: Praktisch also ein Kreuzungspunkt. – Oder präziser: eine Straßengabel: von Westen her liefen 2 zusammen in eine die von hier dann noch 1 km nach Osten weiter ging. – Ich winkte die LKW's bis zur Ortsmitte nach, und lief dann ärgerlich weiter in Kastel hinein: (links durch einen düsteren Torweg zweigte' es befremdlich hinab – ich schüttelte abwehrend den Kopf und ging gradeaus.)

Rechts: anscheinend ein Wirtshaus; Links die Post: eine schwarze Adlerflunder klebte hilflos im Senfgelb. 100 Meter weiter links eine Tankstelle. Dann Rechts ebbes weißes a la Dorfschule. Schon eine Pause. Dann wieder links eine Kneipe; rechts ein unvollendeter Neubau; gefrorne Felder; wieder ein neues Haus mit angebauter Scheune, sehr hübsch, ja (ein Fahrrad hätte man haben müssen; verfluchter Mist!). Stehn.

Stehen: ich verglich die Kapelle vorn mit meinem Meßtischblatt; und ging dann doch noch aus Neugier weiter: hier müßte theoretisch gleich die Welt zu Ende sein!

Richtig: ein ‹Heldenfriedhof› noch (mitten im Umbau, nebenbei: die ‹Deutsche Kriegsgräberfürsorge› war erst bei den Opfern des 2. Weltkriegs: anstatt längst Platz für den 3. vorzubereiten!!)

Und vor ‹die Aussicht›: turmhoch überm Fluß, Oh

Tälerweit, oh Höhen; mein bißchen Kopf richtete sich hinundher (aber der Wind schnitt die Backen ab, und das Doppelkinn!). (Worte wie ‹Felszunge› fielen mir ein; ‹Peninsola›, ‹Marks Reef›, der Wind hier vorn war aber wirklich unangenehm, eventuell una mesa, wie in der Schluchten des Colorado: war auch tatsächlich Buntsandstein: also ‹Kastell›.

Zurück (Bergmann meckerte schon): «Der Ort ist strahlungsfrei›, Oberleutnant: und die ideale Feuerstellung!»› (Da knurrte mein Yahoo zufrieden.)

Den Folienband packt der Literaturgeograph vorsichtig zur Seite. Schlürft am bereit stehenden Wasserglas, brabbelt nur mit Mühe Verständliches.

«So also die Beschreibung des Dorfs Kastel bei Arno Schmidt, wie sie für die fünfziger Jahre des letzten Jahrhunderts realistisch erscheint. Der Autor setzt die Natur- und Kulturlandschaft bewusst in Kontrast zu den Ängsten vor einer atomaren Bedrohung.»

Der Vortragende stöbert akribisch in seiner Aktenmappe. Er sucht nach Ergänzungen zum Manuskript, aller Schläfrigkeit und Abgeschlagenheit zum Trotz.

Bei ihm ist der Entschluss gereift, mit einem Einschub das Interesse an Kastel als außergewöhnliches, interdisziplinäres Forschungsobjekt zu beflügeln. Speziell für Historiker und womöglich mit ihm als Koordinator?

48

Er weist auf den lateinischen Ursprung des Ortsnamens hin. Auch dass vor dem römischen Castellum die Kelten ein Oppidum hoch über dem Flusslauf der Saar gründeten. Archäologen hätten Mauerreste sichern können, zuletzt die Sitzreihen eines antiken Theaters.

Je länger er spricht, desto ausufernder werden die Sätze, umso verschachtelter. Als wäre er bei Arno Schmidt inzwischen in die Lehre gegangen.

Das Resultat ist eine vertrackte Mischung aus laxer Umgangssprache und gedrechseltem Hochschul-Deutsch. Der ihm eigene flüssige Erzählstil verliert sich mit der Zeit.

Er will bei den Historikern überflüssige Fehler vermeiden, unterdrückt bei fachrelevanten Passagen allen Übermut. Details scheinen ihm wichtig, was die häufige Zuhilfenahme von Karteikarten bedingt.

«Mit dem Wiener Kongress von 1815 endete eine über zwanzigjährige französische Annexion linksrheinischer Gebiete. Den Hohenzollern – und damit Preußen – wurde damals auch die Ortschaft Kastel zugesprochen.»

«Der Nachweis genealogischer Verknüpfungen zum nahe gelegenen Luxemburg schien den neuen Machthabern zur Legitimierung ihres Herrschaftsanspruchs besonders wichtig. Wie war er auch sonst zu rechtfertigen?»

Der Dozent hält die Architekturzeichnung einer Kapelle in die Höhe. Zeigt sie den Zuhörern, nimmt sich Zeit. Er präsentiert das Papier nach links, rechts, zur Mitte hin.

«Kein geringerer als der preußische Baumeister Karl Friedrich Schinkel erhielt den Auftrag, im Buntsandsteinfels von Kastel ein neoromanisches Mausoleum zu entwerfen. Die sterblichen Überreste des bei der Schlacht von Crézy 1349 gefallenen, aus dem Haus Luxemburg stammenden deutschen Königs Johann sollten dort ihre letzte Ruhestätte finden. Es handelt sich immerhin um den Vater des legendären Kaisers Karl IV.»

Er wendet sich von den Notizen ab, sucht nach einem verbindenden Glied zum ursprünglichen Thema seines Vortrags. Dank Schinkel existiert es.

«Die in der Preußischen Rheinprovinz in großer Zahl errichteten Denkmäler und Monumente sind übrigens für das ganze 19. Jahrhundert symptomatisch. Sie spiegeln den Geist der Romantik wieder, der wie kein anderer die Einheit von Natur und Kultur zum Programm erhob.»

Indes er angelesenes historisches Basiswissen ausbreitet, seine Zuhörer mit Schachtel- und Bandwurmsätzen, mit langatmigen Ausflügen in die Geschichte für sich einnehmen will, vibriert das Smartphone in der Hosentasche.

Sein rechtes Bein zuckt, für Andere kaum merkbar. ‹Habe wohl vergessen das Ding auszuschalten. Jetzt nur nichts anmerken lassen›, lautet die Devise.

Gedanken und Worte driften dennoch auseinander. ‹Wer mag zu dieser Stunde etwas von mir wollen? Und was wohl?›

Fragen wie diese quälen ihn, derweil er Arno Schmidt samt Ehefrau vom Kasteler Soldatenfriedhof des Zweiten Weltkriegs auf die preußische Grablege für *Jang de Blannen* aus Luxemburg blicken lässt.

«Allabendlich waren die beiden Flüchtlinge unterwegs, um für eine Weile ihrer kärglichen und klammen Zwei-Zimmer-Wohnung zu entfliehen. Von der Bewegung in freier Natur versprach sich der Schriftsteller originelle, kreative Gedanken.»

Was Arno Schmidt meist gelang, ist dem Hochschullehrer nicht möglich. Durch die hartnäckigen Vibrationen in seiner Konzentration beeinträchtigt, bricht er mitten im Satz ab.

«Literatur ist aus der sie prägenden Landschaft heraus zu verstehen, und die Landschaft verlangt nach Deutung …»

Er kramt nach einem Taschentuch, putzt sich die Nase. Bei alledem vergisst er nicht den Grund der Störung, kiebitzt auf das Display des aus der Hose gezerrten Telefons.

Eine ihm nichts sagende Nummer wird angezeigt,

mit der Vorwahl 0041. Er switcht das Gerät auf
FLUGMODUS.

Die unfreiwillige Unterbrechung erweist sich für den
Literaturgeographen als Glücksfall. Wie geschaffen,
historische Exkurse abzukürzen und in einen neuen
Themenkreis einzuführen.

«Es war nicht nur der Schriftsteller Arno
Schmidt, der im ehemaligen Reich Lothars, also zwischen Rhein und Maas, schriftstellerisch tätig war.
Kein Geringerer als Theodor Fontane hat einen entscheidenden Sprung vom Journalisten zum Dichter
in dieser Grenzregion getan.»

«Und ich dachte, der sei in Brandenburg zu
Haus», wundert sich ein studentisches Greenhorn.
«Da bin ich aber neugierig, was da noch passiert.»

Eine Doktorandin flüstert. «Fontane hatte, soweit
ich weiß, hugenottische Vorfahren. Klar doch, allein
der Name …»

«Effi Briest ist ihm in Lothringen nicht über den
Weg gelaufen. Das wüsste ich», kichert ein Kommi-
litone. «Vielleicht der alte Stechlin?»

Prompt der verbale Seitenhieb eines Senior Re-
search Fellow aus Hamburg. «Schnauze. Ihr quasselt
viel Blödsinn.» Er insistiert auf einem «Silentium!».

Der Referent schaut in die Runde, übergeht geflissentlich das kindische Geplänkel.

«Hat einer der deutschen Gäste auf der Fahrt nach Verdun die langgestreckten Erhebungen bei Metz wahrgenommen? Sie verlaufen parallel zur Mosel.» Nach einigem Zuwarten. «Oder die Hügelkette vor Erreichen der Maas?»

«Offenbar nicht. Dabei sind die Côtes de Moselle als auch die Côtes de Meuse für die Kriegsführung von 1870 beziehungsweise 1916 von entscheidender Bedeutung. Bei den Anstiegen handelt es sich um zwei markante, die lothringische Hochebene gliedernde Schichtstufen aus erdgeschichtlicher Zeit, der Epoche des Muschelkalks.»

«Einige von Ihnen mögen orakeln: Was, in aller Welt, sind Schichtstufen?» Er grinst schelmisch in das mit Historikern besetzte Plenum. «Und was haben diese mit Fontane zu schaffen?»

Zur Akzentuierung des geomorphologischen Phänomens hätte er allzu gern diverse Charts einer Powerpoint-Präsentation eingeschoben, doch: «Da die hierfür notwendige technische Ausstattung nicht zur Verfügung steht, wähle ich zu Ihrer Anschauung die Zwiebel zum Vergleich.»

«So wie die Zwiebel sich häutet, so auch das Land. Schicht um Schicht entäußert es sich, legt tiefer liegendes Gestein frei.»

«Die Ausbildung von Landschaftsstufen setzt dabei voraus, dass die Erdschichten aus maritimen Ablagerungen bestehen, bei denen sich weiche und härtere abwechseln. Werden die Schichten durch Kräfte im Erdinnern zusätzlich seitlich angehoben, dringen sie an die Oberfläche als schräg gestellte Gesteinsformation.»

Er spricht vom Wasser, dem Wind, von den Wurzeln der Pflanzen. Sie seien zu guter Letzt für das Abtragen der weicheren Schichten ursächlich, dadurch auch für das stete Nachrutschen und Abbröckeln von härteren. Zusammen genommen führe das zur Ausbildung von Landschaftsstufen.

«Wir finden das Phänomen in Nordfrankreich, erleben es in Süddeutschland beim Aufstieg auf die Schwäbische und Fränkische Alb, zudem beim Schweizer Jura. In den 150 bis 200 Jahrmillionen, die sich der Epoche des Muschelkalks anschließen, hat die Erosion dort überall solche Stufen geschaffen.»

«Offensichtlich sind die lothringischen Schichtstufen prädestiniert, Austragungsorte von deutsch-französischen Kriegen zu sein», mutmaßt er. «Den Franzosen jedenfalls boten sie natürliche Barrieren, um den Vormarsch deutscher Truppen aufzuhalten.»

«Wir haben tagsüber viel über den Ersten Weltkrieg und den Kampf um Verdun gehört, inklusive der Maas-Höhen. Nunmehr möchte ich Ihre Aufmerksamkeit auf den deutsch-französischen Waffengang von 1870 und die Côtes de Moselle lenken», verheißt

54

er nach rund vierzig Minuten einem ermatteten Publikum.

Ein allgemeines Rumoren im Saal signalisiert, dass wenig Enthusiasmus ob dieses Ausblicks besteht. Einigen schwant, dass der Literaturgeograph von seiner Ankündigung Abstand nimmt, das Geheimnis um Theodor Fontane und dessen Verhältnis zu Lothringen zu lüften.

Allen Unkenrufen zum Trotz beginnt er den neuen Abschnitt des Referats mit einer Reminiszenz an den Dichter. Als ausgewiesener Kenner der Materie kann er aus dem Vollen schöpfen.

«Es war Theodor Fontane, der als Kriegsreporter für die Vossische Zeitung in Berlin die Schlachten von 1870 bei Metz und andernorts nachzeichnete. Überliefert ist seine an Ostern 1871 begonnene Reise durch Nordfrankreich, das Elsass und Lothringen in den Berichten Aus den Tagen der Okkupation.»

Am verrutschten Binder zurrend, die versammelte Crème de la Crème der Geschichtsforschung durch die Nickelbrille beäugend.

«Es ist die Arbeit an diesen Texten, die Fontane vom Journalisten zum Schriftsteller hat reifen lassen. Auch wenn bei manchem Germanisten die Anerkennung Fontanes als Romancier erst mit dem 1888 erschienenen Roman *Irrungen, Wirrungen* verbunden sein mag.»

Jäh unterbrechen ihn die Sitzungsglocke und eine engagierte Präsidentin. Beide weisen unmissverständlich darauf hin, dass sich die für sechzig Minuten anberaumte Abendveranstaltung ihrem Ende zu neigt.

«Bitte kommen Sie zum Schluss», ergeht die Anordnung.

Er muss sie nolens volens beachten, auch wenn ihm rein rechnerisch noch ein Zeitrahmen von zwanzig Minuten zusteht. Die Einführung durch die Dutt dauerte schließlich länger als vereinbart.

Ihm bleiben nur letzte Sätze.

Generell sei ihm wichtig, ein stimulierendes Element in die Tagung eingebracht zu haben: Die starke Beeinflussung von Kulturlandschaften, ihrer Literatur und Historie durch Eigenheiten der Natur.

«Es sind konkrete Orte, die den Menschen zu dem machen, was er ist, fühlt, schreibt.» Die weißen Spickzettel legt er zur Seite. «Nicht nur, aber auch.»

Den höflichen Beifall des Auditoriums überlappend, beendet die Gastgeberin seine Ausführungen.

«Ich danke Ihnen, dass Sie den Weg von Augsburg zu uns gefunden haben. Ihre pointierte Sprechweise zu vorgerückter Stunde war lobenswert.»

Ohne Zweifel hätten ihm die Anfertigung und gelegentliche Beachtung eines schriftlichen FASSE DICH KURZ einen Zusatz-Bonus der Sitzungsleitung eingetragen.

56

«Herzlichen Dank auch für die Hinweise zu möglichen Kooperationen. Wie ich eingangs sagte: Es tut uns Geschichtswissenschaftlern gut, das eine und andere Mal über den eigenen Tellerrand zu schauen. Versuchen wir, unsere Forschungsprojekte von tradierten Abgrenzungen mehr und mehr zu befreien.»

«Offenheit für Neues charakterisiert, wie mir scheint, die Literaturgeographie», vermutet die Historikerin nicht ohne Hintergedanken. «Für Ihr Kommen würde ich mich gern mit einem Gastbeitrag bei einem Ihrer Meetings revanchieren. Ich darf mein Sekretariat entsprechend briefen?»

Schüchterne, als Wortmeldung zu interpretierende Handzeichen in den Reihen acht, zwölf und vierzehn übersieht die Dutt geflissentlich. Sie bittet noch einmal um Applaus und überreicht dem Gast eine Flasche Eau des Mirabelles als regionales Souvenir.

Ungeduldig, eine gewisse Vorfreude wie Euphorie nicht leugnend, ruft sie den letzten Spiegelstrich der Tagesordnung auf.

«Der Präfekt des Département Meuse lädt zu einem Umtrunk in das Vestibül ein! Wir sollten ihn nicht länger vertrösten. Morgen früh treffen wir uns dann zur abschließenden Generaldebatte. Bis dahin: Einen schönen Abend!»

Stuhlgeklapper im ganzen Saal. Hier und da ein

mehrsprachiges «Hallo». Stimmengewirr aus französischen und deutschen Satzfetzen. Bei der bilingualen Konversation überwiegt holpriges Englisch.

Zum Referenten begeben sich zwei Studentinnen höheren Semesters mit für sie bedeutsamen Problemstellungen. Sie möchten das Autobiographische in den Arbeiten von Arno Schmidt und Theodor Fontane kritisch bewertet wissen, wittern eine Gefahr für das Literarische.

Gekonnt pariert er derartige Standardsituationen. «Kennen Sie von Schriftstellern wie Hertha Müller, Thomas Mann, Andreas Maier, Peter Handke oder Uwe Tellkamp Werke ohne autobiographische Bezüge?»

Veteranen der Geschichtsforschung hetzen in die Lobby zu Verabredungen. Dorthin lockt die Präfektur manch alten Knaben, der einem Bordeaux vom Jahrgang 2009 nicht widerstehen will.

«Sein Bouquet ist von betörender Intensität und zeigt sich mit viel Frucht. Sagen wir: Mit einer Pfirsich-Note. Nicht wahr, Herr Kollege?» Einer der Duellanten vom Vormittag möchte den Kontrahenten verträglich stimmen.

Als Connaisseur goutiert dieser das Angebot der friedlichen Koexistenz. «Sein Geschmack scheint mir eher seidig, sehr komplex und mit einem ausgesprochen voluminösen Nachhall.»

Galant prostet man einander zu. «À votre santé!»

Bei vielen Emeriti hat sich das akademische Sitz-
fleisch mit den Jahren verflüchtigt, um Bauch und
Hüfte angesiedelt. Nur eine Handvoll interessiert
sich für Aufgaben, die über Kongressbesuche, Ur-
laubsfahrten, das Hüten der Enkel und die Garten-
pflege hinausreichen.

Die meisten wissenschaftlichen Urgesteine sind
über dem Älterwerden selbst alt geworden, igeln sich
in ihrer Welt ein, von der sie sich Sicherheit versprechen. So, wie es Deutsche und Franzosen vor Beginn
des Zweiten Weltkriegs in den Bunkern des West-
walls und der Maginot-Linie taten.

Jüngere französische Militärhistoriker debattieren
angeregt über Gedenkkulturen. Es geht um den
rechten Umgang mit den Opfern von Krieg und Ge-
waltherrschaft.

Gravierende Unterschiede zwischen den Mahn-
stätten des Ersten zu denen des Zweiten Weltkriegs
werden benannt. Angeregt durch die soeben erhalte-
nen Informationen, bezieht man Natur- und Kulturlandschaften als Erklärungsmuster mit ein.

Einige werben für eine bewusst zur Schau getra-
gene Gloire de la Patrie. Die schlichte Erhabenheit
von Ehrenmalen präferieren andere.

Die martialische Architektur des Beinhauses von
Douaumont bei Verdun vergleicht eine Gruppe aus

Rennes mit den Kriegsgräbern auf dem Kasteler Plateau, die den Gefallenen eine friedliche Ruhe verheißen.

Ein Professor aus Nancy erwähnt die Grabstätte von General de Gaulle und seiner Familie, die auf dem Friedhof von Colombey les Deux Églises liegt. Sie sei deshalb zu nennen, weil sie sich von den Gräbern der anderen Einwohner des lothringischen Dorfs nicht unterscheide, ohne jeden Pomp auskomme.

Von den beiden Studentinnen verlassen, steht der Literaturgeograph allein auf dem Podest. Abgekämpft, verausgabt.

Er ist dabei, das Pult zu räumen, stopft die mitgebrachten Gegenstände in seine Mappe. Auch das Gastgeschenk hat darin Platz. *Die Feuerstellung* von Arno Schmidt klemmt er unter den Arm.

‹Aber was mit der ausgeliehenen Krawatte tun?› Seine Augen kreisen im Saal, hoffen, den freundlichen Journalisten von *Le Monde* zu entdecken. ‹Hat der Veranstaltung wohl den Rücken gekehrt? Da gebe ich das gute Stück am besten bei der Garderobe ab.›

Anstelle des Pressemanns beobachtet ihn seit geraumer Zeit eine Person aus der hinteren Reihe. Noch kann er nicht erkennen, wer dies tut. Die Haustechnik hat das Licht im Saal inzwischen heruntergefahren.

Erst ein lautes, fröhliches Lachen lässt ihn frohlocken. «Bist du es?», schallt es zu ihr herüber. «Was für eine Überraschung!»

Er kann sein Glück nicht fassen. «Seit wann bist du da? Hast dich doch nicht etwa in Reims gelangweilt? Oder gar bei meinem Vortrag?» Themen über Themen. Aber sein Entzücken über das Wiedersehen von ihm und ihr überdeckt alles. Lebensgeister erwachen.

Im Laufschritt eilt er ihr entgegen, packt sie bei den Schultern, gibt ihr zwei Wangenküsse. Erst links, dann rechts. Herzt sie innig.

Die zierliche Schweizerin hakt sich mit ihren 1,62 Metern Körpergröße bei ihm ein, sieht beschwingt zu ihm auf.

«Hast du denn meinen Anruf nicht erhalten?»

Im Foyer ist jeder mit sich beschäftigt, auch wenn Menschentrauben beieinander stehen. Wer könnte wem von Nutzen sein? Das ist die Frage aller Fragen.

«Was für ein Glücksfall, dass wir beide auf einem Historikertreffen sind», flirtet er. «Da muss ich nicht buckeln und mich für höhere Weihen empfehlen. Aber halt! Du nennst das wohl ‹vermarkten›?»

Er strahlt sie an, die Augen glänzen. «Wie dem auch sei: Hier haut uns so schnell keiner an. Wir können ganz Mensch sein. Was für ein Privileg!»

«Och, nö … Und wenn ich nicht da wäre, großer

Meister? Was wäre dann?» Sie glaubt ihm kein Wort, bleibt skeptisch. «Würdest dich bestimmt inmitten von weiblichen Fans wie ein Pfau aufplustern, dich bei der Sitzungspräsidentin einschleimen. Da täusche ich mich doch nicht, oder?»

Sie hat allen Grund zu der Annahme. Denn wenn Blicke töten könnten, wäre ihr Leben in Gefahr. Augenscheinlich beneiden sie etliche Tagungsteilnehmerinnen um den attraktiven, unorthodoxen Hochschullehrer.

Nach dem Rundgang im Foyer, einem «Grüß Gott» hier und einem «Bonjour» dort, hat er vom Kongresstrubel genug. Er will einfach nur fort.

«Lass uns die Flatter machen. Das Volk hier ödet mich an.» Er imitiert ihren jugendlichen Jargon, so gut er kann.

Ungeniert verkorkt er eine Flasche der auf Stehtischen platzierten Bordeaux Grand Crus, verstaut sie in der Aktentasche, lagert sie vorsichtig auf dem Mirabellen-Schnaps. Quetscht seine Redetexte als Puffer zwischen die Glasbehälter.

Den herbeigerufenen Kellner bittet er um «einen Doggy Bag für die lange Fahrt.» Den möge er mit Paté, Zwiebelkuchen, Cornichons, Tomaten, Brie und etwas Roquefort bestücken.

Der livrierte Mann kommt bereitwillig dem Wunsch nach, den er diskret exekutiert, generös bemisst und um das obligatorische Stangenbrot abrundet.

«Was soll denn das?» Als sie den opulenten Proviantkorb zu Gesicht bekommt, schüttelt sie konsterniert den Kopf. «Hätte nicht gedacht, dass du ein verdammter Schnorrer bist. In deiner Stellung? Igitt, igitt.»

«Nun mal halblang!» Er wehrt sich. «Bevor du auf vorbildliches Benehmen pochst, check lieber, ob und wo in der Gegend noch Essbares zu finden ist. Du wirst um diese Stunde nichts auftreiben.»

Sie observiert ihn, lugt von der Seite. «Hast du dem Ober wenigstens ein Trinkgeld gegeben?»

Kleines Glück

Auf dem Weg zur Unterkunft erfährt er, dass sie seinem Vortrag bereits längere Zeit gelauscht hatte. Ab dem Moment, als er auf Theodor Fontane zu sprechen kam.

«Schade, dass du deine Gedanken nicht zu Ende führen konntest.» Sie sucht seine Nähe. «Hätte gern gewusst, was es mit dem Roman *Irrungen, Wirrungen* auf sich hat. Hab' noch nie was davon gehört.»

«Die Handlung ist fix geschildert.» Er plappert drauf los, muss nicht zweimal gebeten werden.

«Ein Mädchen aus dem Volk, die Schneidergesellin Lene Nimptsch, verlebt mit dem Reiteroffizier Botho von Rienäcker einen einzigen, glücklichen Sommer. Ohne Aussicht, dass sie ein Leben lang beisammen bleiben.»

«Kannst du dir vorstellen, woran das Projekt scheitert?», testet er die Ahnungslose. «Ende des 19. Jahrhunderts verbieten nämlich gesellschaftliche Konventionen eine Heirat der beiden. Genauer: der Standesdünkel.»

«Heute ist das Gott sei Dank ja anders», behauptet sie selbstsicher. «Zwischen den Völkern, Generationen, sozialen Schichten sind die Grenzen so gut wie verschwunden. Sieh nur uns beide an.»

«Alles schön und gut ...» Er räuspert sich, betätigt den Blinker seines nostalgischen Gefährts. «Willst du denn nicht den Schluss des Romans kennenlernen?»

Sie nickt artig.

«Also dann.» Ohne Punkt und Komma diktiert ihr der Dozent die weitere Handlung.

«Botho heiratet am Ende standesgemäß eine Cousine. Mit dem Fabrikarbeiter Gideon Franke wird Lene vermählt. Das Leben der einander Liebenden verläuft fortan ohne Höhen, lärmende Emotionen, große Gesten. Das Tragische der Handlung vollzieht sich in aller Stille. Eine wie auch immer geartete ‹Vernunft› siegt über das Herz.»

«Merde! Das kann doch nicht wahr sein.» Von dem Paukenschlag geplättet, stiert sie aus dem Wagenfenster. Bläst Trübsal, dem Traum eines schwärmerischen Jungmädchens nachtrauernd. «Was für eine beschissene Situation.»

Felder und Auen gleiten im Abendlicht vorüber. Schwarz-weiß gefleckte Kühe sehnen die Melkerin herbei. Auf der Pferdekoppel junge Hengste.

Ein Bach schlängelt im Wiesengrund eines

Seitentals der Maas. Dichte, weiße Nebelschwaden steigen aus den vom Regen der Vortage durchnässten Mulden. Die Hitze des Tages hat die Erde erwärmt, lässt Bodenfeuchtigkeit verdampfen.

Noch den Hügel hinauf, vorbei an Rebstöcken und Obstbäumen mit goldgelben Mirabellen. Schon sehen die Heimkehrer die Umrisse von *Le Petit Bonheur* auf luftiger Höhe.

Auf der Terrasse des Herrenhauses hat der Concierge kleine Tische und Stühle für die Hotelgäste bereitgestellt. Dazu, in einem Kübel mit Eiswürfeln, Rosé aus der Provence.

Die Beine auf der Terrassenmauer ausgestreckt, die Augen geschlossen weidet sich die smarte Schweizerin an den Strahlen der untergehenden Sonne. Rot-orange durchdringt das Licht ihre Lider, erreicht das Augeninnere stark gedimmt. Gesichtsmuskeln entkrampfen, die Durchblutung des Oberkiefers kribbelt.

«Liest du viel?»

«Zu selten», antwortet er. «Ganz unter uns: Als haptischer Mensch liegt mir die wissenschaftliche Feldarbeit mehr als das Literaturstudium.»

Während die junge Frau das Nichtstun genießt, schweift der Blick des Literaturgeographen in die Ferne, den Maas-Höhen entlang, der Schichtstufe des Muschelkalks andächtig folgend.

«Ich muss die Dinge mit den Händen anfassen, mit eigenen Augen begutachten, unter den Füßen spüren. Die Sichtweise von Dritten bleibt da zunächst außen vor. Erst später nehme ich sie als Antithese hinzu, um eigene Recherchen besser zu beurteilen.»

Der resolute Griff in den Doggy Bag sorgt für leibliche Stärkung, der mitgebrachte Bordeaux verspricht Genuss. Er gönnt sich eine Auszeit beim Sprechen.

Die kontemplative Stimmung und der als gelungen erschienene Auftritt bei den Historikern eröffnen Raum für Gedanken an das von ihr in Reims Erlebte.

«Wie war es denn?», fragt er bemüht. Ein randvoll gefülltes Glas Rotwein im Sinn.

«Imi Knoebel ist eine Wucht! Absolut super, der Typ!» Ihre Augen funkeln. «Glassplitter in Rot, Blau, Gelb. Kräftige, expressive Farben. Eine Leichtigkeit des Seins übermannt, versprüht die pure Lust zu leben. Yippie! Hätte mich stundenlang an dem strahlend leuchtenden Licht erfreuen können.»

Sie durchforstet ihre auf dem Boden deponierte Reisetasche, fischt eine Ansichtskarte hervor.

«Schenk' ich dir.»

Sie hält ihm das Foto mit den Glasfenstern Knoebels in der Reimser Kathedrale dicht unter die Nase. Zu dicht für einen weitsichtigen Brillenträger.

Er nimmt die Karte in die linke Hand, in der rechten balanciert er ein Stück Zwiebelkuchen. Streckt den Arm aus, um die Fotografie besser anschauen zu können.

«Tja, da staunst du. Ein verdammt tolles Ding.» Mit Elan setzt sie nach. «Wenn das keine phänomenale Komposition ist? Für mich der reine Wahnsinn!»

«Allmählich wird mir klar, was dich an deinem Hobby so fesselt», bemerkt er väterlich.

Er schmatzt, den letzten Happen vom Zwiebelkuchen herunterwürgend. Seine Finger umklammern ein üppig ausgeschenktes Glas Wein.

«Bei Kirchenfenstern denke ich an triste Farben, an Abbildungen von tugendbeseelten Heiligen und Märtyrern. Ehrlich: Das wirkt auf mich deprimierend.»

Verprellen will er sie um nichts auf der Welt.

«Wie heißt dein Künstler noch gleich? Den sollte ich wohl Klasse finden.» Er suggeriert auf seine Art Sympathie für Person und Sache.

Enttäuscht über die zynische, ihr gefühllos erscheinende Reaktion fordert sie die Rückgabe der Ansichtskarte.

«Du hast mich noch nie gefragt, wieso ich für Glasmalereien schwärme, noch dazu die in Kirchen.» Sie stichelt, möchte ihn aus der Reserve locken. «Hältst mich wohl für verschroben, für total gaga?»

«Ganz und gar nicht. Aber deine Motivation ist nicht schwer zu erraten.» Er will den Vorwurf mangelnder Empathie nicht auf sich sitzen lassen. «Es ist das Licht als Medium, das dich berauscht.»

Auch diese Vermutung befriedigt wenig, was sie mit einem «Na ja» quittiert.

«Mir geht es um Kunstwerke mit unendlich langer Halbwertszeit», tut sie kund. «Halt um Sachen, die von einigen wenigen Erdenbürgern ‹auf ewig› geschaffen werden. Das verleiht ihnen etwas Göttliches.»

«Die Kathedralen des Mittelalters haben da für mich … wie soll ich es ausdrücken?» Sie wedelt mit der Fotografie. «Die haben was Extraordinäres. In ihren Glasfenstern begegnen sich Ewigkeit und Vergänglichkeit. So, als wären sie Geschwister.»

«Das hast du aber schön formuliert», wirft er gönnerhaft ein, will mit ihr anstoßen.

Sie reagiert mucksch und angefressen. «Lass den Quatsch. Nimm mich einfach für voll.»

«Also gut.» Er respektiert ihr Erwachsensein, erwartet dafür eine bündige, allgemein verständliche Definition zu Knoebels Arbeit in Reims.

Mit eher geheucheltem als echtem Widerwillen erläutert sie ihre Position. Tut dies, ihm nacheifernd und Paroli bietend, in belehrender Diktion.

«Kreative Ausgangsüberlegung bei den Kirchenfenstern von Knoebel sind zerbrochene, verschieden farbige Glasscheiben. Deren Splitter fügt der Künstler als knalliges Feuerwerk neu zusammen. Erweckt den Eindruck, dass er sie zum Teil übereinander schichtet, täuscht also eine Dreidimensionalität vor. Zu guter Letzt fasst Knoebel die Scheiben in Blei und bewahrt sie so für eine neue Ewigkeit.»

«Einige wenige, milchig-weiße Flecken spart der Minimalist in seinen farbenfrohen Bildern aus.» Sie berührt vorsichtig die Ansichtskarte. «Sollen eine Transparenz zwischen dem klerikalen Raum und der Außenwelt schaffen. Für eifrige Kirchgänger womöglich Transzendenz versinnbildlichen?»

In der Zwischenzeit hat er die einem Hochschullehrer angemessene Ernsthaftigkeit wieder erlangt.

«Es ist in der Tat genial, Scherben als Material für Fensterscheiben zu verwenden. Und das bei einem Bauwerk wie der Kathedrale in Reims.»

«Die Kathedrale war ja nicht bloß die Krönungskirche der französischen Könige. Erst heute Nachmittag hat eine Referentin auf dem Kongress von den Zerstörungen des Gebäudes im Ersten Weltkrieg und unwiederbringlich verloren gegangenen Glasarbeiten erzählt. Die deutsche Artillerie schoss damals fast alles in Schutt und Asche.»

Der Literaturgeograph möchte bei der

Endzwanzigerin erneut mit historischen Kenntnissen brillieren. Ganz ohne Not, jedoch mit Vorsatz und Pedanterie. Und immer, wenn sich Intellekt und Eitelkeit paaren, ist Geschwätzigkeit mit im Spiel.

«Als Schweizerin dürfte dir kaum präsent sein, dass die deutsche Wehrmacht am 7. Mai 1945 die bedingungslose Kapitulation in Reims unterzeichnete. Charles de Gaulle und Konrad Adenauer waren es, die dann 1962 mit einem Gottesdienst in der Kathedrale die deutsch-französische Aussöhnung besiegelten. Falls ein deutscher Künstler wie Knoebel einen zusätzlichen Impuls zur Überwindung von Ressentiments leistet ...»

«Und wie er das tut!» Sie unterbindet den professoralen, Neuigkeiten vom Vortag breitwalzenden Redeschwall.

Für Aspekte des deutsch-französischen Verhältnisses erwärmt sich die Eidgenossin nur insofern, als diese für ihr kunstgeschichtliches Anliegen unmittelbare Bedeutung haben. Und hierzu scheint ihr alles Wesentliche gesagt. Eines aber noch nicht.

«Weißt du, dass Marc Chagall nicht nur in Mainz, Metz, Zürich und sonst wo, sondern vor Jahren auch drei Kirchenfenster in Reims gestaltet hat?»

Sie bietet ihm an, die am Mittag digital aufgenommenen Fotos zu zeigen. «Willst du sie sehen, die Reimser Arbeit des jüdischen Künstlers? Schildert in einprägsamen Bildern das Martyrium Jesu mit der Kreuzigung als Dreh- und Angelpunkt.»

Er macht von dem Angebot keinen Gebrauch, da er die Glasmalereien Chagalls in der Metzer Kathedrale als «pars pro toto» zu kennen glaubt.

«Meinst du wirklich, dass Bilder von einem geschundenen Gottessohn die Menschen von heute für den christlichen Glauben entflammen? Von einer in freudlosem Chagall-Blau daherkommenden Frohen Botschaft überzeugen können?»

«Düster bleibt düster. Für mich sind Fenster, die kein Licht durchlassen, zu nichts nutze. Ich halte so etwas für aberwitzig. Jawohl: Für kontraproduktiv. Aber bei deinem Knoebel ist das ja anders!»

Sich mit ihr zu kabbeln macht ihm Spaß. Er gibt sich angriffslustig, mit der Bereitschaft, geäußerte Kritik im nachherein einzuschränken, verbal zurückzurudern.

Nach einer Stunde umweht die hitzig Diskutierenden eine sanfte Brise, gönnt Gedanken und Worten ihre Ruhe. Der laue Nachtwind stimmt milde, erleichtert den Aufbruch. Der Concierge und fünf andere Gäste hatten sich längst verabschiedet.

Auf der Terrasse verbleiben sieben Gläser mit Weinrückständen, zwei leere Flaschen Rosé, der ausgetrunkene Bordeaux Grand Cru. Zudem eine mit Abfällen bis zum Rand gefüllte LITTER BOX.

Essensreste, als eiserne Ration im Proviantkorb verstaut, Aktentasche und Reisegepäck in Händen, macht sich die deutsch-schweizerische Paarung auf den Weg ins Haus. Der zunehmende Mond beleuchtet den Pfad dahin.

Beim Betreten der Kammer stellt sie ihre Sachen auf den gebohnerten Eichendielen ab, er die Arbeitsunterlagen. Für Überbleibsel vom Abendbrot findet sich Platz auf dem Kaminsims.

Die Zwei stehen sich gegenüber, betrachten einander. Mit dem Zeigefinger berührt sie seine Lippen, deutet ihm zu schweigen. Wie am Morgen, beim Aufstehen.

Ohne Ansage entledigt sie sich ihrer Kleider. Unaufgeregt und unverkrampft, Schicht um Schicht. Bis sie entblößt, aber beileibe nicht nackt, vor ihm steht.

Als er sich verschämt von ihr abwenden will, nimmt sie seine Hand. Reibt die schmale Taille am vollschlanken Rumpf. Öffnet Knopf um Knopf seines Hemdes, den Gürtel der Hose.

Sie schmiegt sich an ihn. Schlingt beide Hände um seinen Hals, zieht den sie überragenden Kopf zu sich herab, entfernt die Brille von der Nase. Küsst beide Wangen, den sich öffnenden Mund. Nicht lüstern, nicht frivol. Sehr zärtlich.

Ihm liegt ein Gedanken besonders am Herzen. «Du nimmst doch die Pille?»

Seine Anspannung löst sich erst auf der leicht federnden Bockspring-Matratze, als er wohlig in ihrem Körper kuschelt. Diszipliniert bewegt er den Unterleib zwischen den Schenkeln. Ohne Laut, in kontrolliertem Rhythmus.

Um dem Einerlei zu entgehen, übernimmt sie nach einiger Zeit die Führung. Wechselt von der Rücken- in die Bauchlage. Drückt ihn in die Polsterung, erhöht Schlagzahl und Reibungswärme. Quiekt, strampelt mit den Beinen.

Vergeblich will er das von ihr vorgelegte Tempo drosseln, das Beisammensein in homöopathischen Dosen auskosten. Er möchte bei schwindenden Kräften für kommende Herausforderungen haushalten.

«Warum schaust du so verdutzt?», buchstabiert sie Minuten später in sein Ohr. «Steh dir nicht im Weg.»

Putzmunter krümmt sich die Beischläferin über ihn. Glatte Haare streichen in Strähnen über sein Gesicht, schotten es von der Außenwelt wie bei einem zugezogenen Vorhang ab.

Er blickt in grau-grüne Katzenaugen, auf den schmallippigen Mund. Ihr Antlitz erhitzt. Sie zählt abendliche Bartstoppel, entdeckt erste Stirnfalten, sucht in seinen Augen Antworten auf nicht gestellte Fragen.

Beide umarmen einander. Genießen wortlos das

kleine Glück. Es ist der Wimpernschlag eines Sans Soucis, wo er von ihr Alles hätte haben können.

Sie lässt von ihm ab, liegt kerzengerade neben ihm. Schlägt ein Tuch über Füße, Beine, bis zu beider Bauchnabel.

Bald ruht ihr Haupt auf behaarter Brust. Sie tröstet. «Du wolltest doch schon gestern … Aber mir war nicht danach. Gestern noch nicht.»

Er starrt auf den Vierfarben-Druck eines Watteau-Gemäldes an der Wand. Die *Einschiffung nach Kythera* ist schwer lädiert. Ähnlich fühlt er sich nach der Schäferstunde. Insgeheim aber freut ihn der ungestüme Parforceritt.

Bei allem Wohlbehagen bleibt ihm befremdlich, dass eine Frau den ersten Schritt tut. So als sei dies üblich, bei einem für ihn quasi sakralen Akt.

«Hängen wir noch zwei Tage dran?», erkundigt er sich, mit zittriger Hand in ihrem Haar kraulend.

«Mal sehen», erwidert eine schnoddrige Stimme. Die Bettgenossin hebt den Kopf von seiner Brust. «Hast du denn das Hotel für mehrere Tage gebucht?»

«Das nicht, aber gewiss kann der Concierge verlängern. Zur Not treiben wir halt im nahen Metz etwas Schnuckeliges auf.» Da ist er sich sicher.

Sie hat die Augäpfel zur Zimmerdecke gerollt. «Wie wäre es, wenn du mir zum Einschlafen eine Geschichte fabulierst? Gern was frei Erfundenes.»

Nach einer Weile. «Hat meine Maman jeden Abend gemacht, als ich noch ein Kind war.»

«Klar doch, wird erledigt. Wenn du es wünschst», summt er. «Nenne mir drei Substantive. Ich bastele hieraus eine Fabel. Ein Unikat, allein für dich.»

Den Mund vor Übermüdung weit geöffnet, ein Gähnen blockierend. «Ein Kind bist du für mich allerdings nicht. Sonst käme ich mit dem Jugendschutzgesetz in Konflikt.»

«Hab's kapiert, Opa», entgegnet sie barsch. «Soll wohl ein Scherz sein?»

Postwendend verzichtet sie auf eine Gute-Nacht-Geschichte, verkriecht sich auf ihre Betthälfte. Hautkontakte künftig meidend.

Wenig später reckt sie sich nach der neben dem Bett liegenden, bauchigen Ledertasche, raschelt mit einer Wochenzeitung. Das Exemplar wirft sie ihm in hohem Bogen zu.

«Damit du locker wirst, solltest du dir das Dossier reinziehen. Freilich nichts für Schlappschwänze!»

Er durchkämmt das als seriös geltende Blatt nach dem besagten Teil der Ausgabe. In dieser Woche sind menschliche, allzu menschliche Beziehungen das Thema.

Eine der Textstellen wurde mit violettem Filzstift angekreuzt und handschriftlichem «Woohoo!» kommentiert. Die von ihr vorab gelesene, ihm soeben zugedachte Passage informiert über das Intimverhalten der Deutschen.

«Zier dich nicht so!» Sie wird unwirsch. «Dauert mir echt zu lang, bis du zu Potte kommst. Gib her!»

«Wusstest du, dass die Deutschen pro Jahr verflixt viel Sportsgeist in ihr Liebesleben investieren? Hier steht's! Um, na was wohl ...?»

Sie pausiert, beäugt den mittelmäßigen Liebhaber. Schiebt sich den Zeitungsartikel vor die Nase, vertuscht ihre Kurzsichtigkeit.

... exakt 117 x Sex zu üben und hierbei pro Akt 52 Stöße zu produzieren, d.h. als Frau 8 m Penis zu empfangen, also 1 km im Jahr, zig Äquatorlängen, kosmische Distanzen, wahnwitzige Gesamterregung, umstöhnt von ‹Ruf mich an!›

Sie knüllt das Journal, schubst es mit einer resoluten Bewegung von der Matratze. Eiernd rollt die Papierkugel auf den Fußboden, wird zum Spielball für den kühlen Luftstrom, der durch einen Türspalt in die Kammer dringt.

Den Kopf im flauschigen Kissen vergraben, nuschelt sie. «Und nun: Gute Nacht! Für heute sind wir ja wohl durch.»

Schlachtenbummler

Als sie am Morgen erwacht, stolpert er zur Zimmertür herein.

«Ich habe mit dem Concierge über eine Verlängerung unseres Aufenthalts gesprochen. Es sieht nicht gut aus. Seine Herberge ist für die nächsten Tage restlos ausgebucht.» Der Hausdiener sei untröstlich, aber die Abreise könne nicht verschoben werden.

«Dafür haben wir auf dem Weg nach Metz die Chance, Theodor Fontane besser kennenzulernen.» Er will der Abfahrt von *Le Petit Bonheur* eine positive Seite abgewinnen. «Du wolltest doch gestern mehr über den Schriftsteller erfahren. Oder etwa nicht?»

Ihr «Schaun wir mal» offenbart Akzeptanz für Neues, auch Nüchternheit. Und das Kratzen im Rachen kündet von einer Erkältung im Anmarsch. Der kalte Luftzug in der Kammer scheint eine Quelle für die Beschwerden zu sein.

In Windeseile geht sie die Morgentoilette an. Eine die sportliche Figur betonende Röhrenhose,

Sneakers à la mode, die blütenweiße Bluse verbreiten den Hauch von Urbanität.

Zur Abwehr gesundheitlicher Plagen knotet sie ein wild gemustertes Seidentuch um den Hals, gurgelt mit Leitungswasser zwei Contra-Gripp-Tabletten hinunter.

Er verstaut das Gepäck hurtig im Wagen, nimmt im Vorbeigehen die Unpässlichkeit seiner Geliebten vage zur Kenntnis. Salopp wirft er ihr ein «Gute Besserung» zu, dann einen Handkuss.

Auf dem Weg die Maas-Höhen hinunter reicht er ihr ein zerfleddertes Taschenbuch. Dessen Rückenteil wurde durch intensives Studium und unsachgemäße Behandlung im Lauf der Jahre arg ramponiert. Das Gummiband eines Einmachglases bündelt lose Papierseiten.

Beim Lesen des Titels schüttelt sie mit dem Kopf. «Wieso nennt Fontane dieses Buch *Aus den Tagen der Okkupation?*» Sie löst das Gummiband, schmökert in dem Konvolut.

«Okay, er trieb sich 1870/71 als Kriegsberichterstatter in Nordfrankreich herum, wollte damals auch die Schlachtfelder um Metz inspizieren.»

«Aber hoppla!» Die Leserin stutzt, stottert. «Wie kann der Mann von einer ‹Okkupation› sprechen? Begriffen sich die meisten Deutschen nicht ohnehin als rechtmäßige Eigentümer von Lothringen? Verherrlicht eure Nationalhymne nicht heute noch die Maas als Grenze zu Frankreich?»

«Nicht übel!» Er belobigt wie ein gewöhnlicher Schulmeister. «Ein bisschen scheinst du dich ja in deutscher Geschichte auszukennen.»

Dann eher nachdenklich, abwägend. «Die Frage nach der ‹Okkupation› kann ich dir nicht beantworten, jedenfalls nicht befriedigend.»

«Immerhin haben die Reportagen von den Kriegsschauplätzen dem Dichter einigen Ärger in Berlin eingebracht. Einer der Vorwürfe: Er sei zu wenig national gesinnt, zu franzosenfreundlich.»

«War die hugenottische Abstammung Fontanes nicht ein naheliegender Anlass, an seiner Objektivität zu deuteln?», argwöhnt er. «In der wilhelminischen Ära war nun mal der Hurra-Patriotismus angesagt.»

«Du laberst!» Mürrisch schneidet sie ihm das Wort ab. «Hat alles nichts mit dem Begriff ‹Okkupation› zu tun.»

«Da ist was dran, potz Blitz! Womöglich hast du Recht.» Er grübelt.

«Von einer ‹Okkupation› der Reichslande Elsass-Lothringen zu sprechen, dürfte in Deutschland in der Tat verpönt gewesen sein. Falls mit ‹Okkupation› die ‹Besetzung› eines fremden Gebiets gemeint ist.»

Er greift mit der Hand an die Nase, rückt seine Brille zurecht.

«Vielleicht sah man damals – selbstredend auch

Frau – den Begriff als äquivalent zu dem einer ‹Inbesitznahme› an? Die formelle Eingliederung der Region in das Deutsche Reich erfolgte nämlich erst mit dem Friedensschluss von Frankfurt am 10. Mai 1871.»

«Bla, bla, bla … alles akademischer Quark, was du da von dir gibst.»

Sie beugt sich tief über die Aufzeichnungen Fontanes. «Hab' bei der Lektüre was gefunden. Diese Stelle räumt all deine terminologischen Spitzfindigkeiten beiseite.»

*Die Lothringer, mit ihrer letzten Herzensfaser längst zu Franzosen geworden, betrachten sich völlig als Bewohner einer **eroberten** Provinz. Sie haben unterlegen, sind als Beutestück dem Sieger zugefallen und müssen sich in die Gesetze desselben finden. Sie haben ihm gegenüber keine besonderen Ansprüche zu erheben; sie waren seine Feinde, **immer** seine Feinde, und müssen nun – als Grenzland dazu verurteilt, die Zeche zu zahlen – die Konsequenzen dieser Gegnerschaft tragen.*

Er steuert den Wagen an der Straßenkreuzung in Richtung Mars la Tour. Noch sieben Kilometer sind es bis zur Ortschaft, was ein Verkehrszeichen mit schwarzer Schrift auf weißem Grund verrät. Metz ist 32 Kilometer entfernt.

«Schlage einmal die Stelle auf, die Fontane dem Dorf gewidmet hat», bittet er. «Müsste markiert sein.»

Nach einigem Blättern ruft sie heiser, triumphierend. «Gefunden!» Sie glättet die mit einem Eselsohr gekennzeichnete Seite, um sie besser vorlesen zu können.

Mars la Tour, in den Friedensbestimmungen bei Frankreich verblieben und deshalb der Sehnsuchtsort, wohin sich die Blicke aller zwangsweis deutsch gewordenen Propriétaires der Nachbardörfer richten («wir wirtschaften noch fünf Jahre, dann ziehen wir **hinüber***») – dieses Mars la Tour ist mehr ein Flecken als ein Dorf und würde mit seiner breiten Straße und seinen zweistöckigen Häusern einen beinahe städtischen Eindruck machen, wenn nicht hier, wie in so vielen andren französischen Ortschaften, die Unsitte herrschte, die Düngerhaufen unmittelbar vor die Häuser zu legen. Dazu Betten in der Sonne, ein bestaubter Fruchtstrauch am Spalier, nirgends ein frischer, schattengebender Baum, – so entsteht jene «greisenhafte Erscheinung».*

Das Auto, aus einer langgezogenen Kurve kommend, biegt in die Hauptstraße von Mars la Tour ein. Im Schritttempo kutschiert es sein Fahrer die menschenleere Straße entlang. Nach dreihundert Metern empfängt eine Statue der Jeanne d'Arc das deutsch-schweizerische Tandem.

«Hier ist seit über hundert Jahren nichts passiert», stammelt sie verwundert. «Okay. Die Misthaufen sind weg, zubetoniert oder begrünt, aber die früheren Standorte total auszumachen.»

Vor einem der einst stattlichen, mittlerweile ärmlich anmutenden Bauernhäuser parkt er den Wagen.

Die Fassaden in verblichenem Ocker, fadem Grau, schmutzigem Weiß, verwaschenem Rot. Aus bröckelndem Putz ragen grob behauene Blöcke aus Kalkstein. Eine gesichtslose Monotonie verbindet.

Die von der Esskultur ihrer Heimat Verwöhnte schaut ihn gestreng an. «Wo in aller Welt wollen wir frühstücken?» Röchelt, reibt mit den Fingern in geröteten Pupillen. Die Nase trieft.

Er zeigt auf ein sonnenblumengelbes Holzschild mit der Aufschrift BOULANGERIE PÂTISSERIE. Es pendelt an zwei rostigen Nägeln über einem Schaufenster mit Backwaren.

«Gibt es dort etwa eine Tasse Kaffee?» Niedergeschlagen spekuliert sie.

Er hat die Fahrertür des Peugeot geöffnet, macht sich zielsicher auf den Weg.

Nach der Stippvisite im Brotladen hält er demonstrativ eine Papiertüte hoch, gefüllt mit drei Croissants. «Es waren die letzten.»

Auch eine erfreuliche Nachricht hat er von der Verkäuferin erhalten. «Im Gasthaus gegenüber gibt es Kaffee. Nur keine Panik!»

Die Besitzerin der Gaststätte sei um diese Uhrzeit üblicherweise bei der Vorbereitung des Mittagessens. Damit würde sich auch das essbare Angebot im Ort immens erweitern. Für einige Euro böte die siebzigjährige Marie sogar ein famoses Drei-Gänge-Menü.

Mit unverhohlenem Groll steigt sie aus dem Personenwagen, überquert mit ihrem Kompagnon und der Croissant-Tüte die Straße. Eine mit Kreide beschriebene Reklametafel MENUE DU JOUR 12,50 € steht fest montiert auf dem geteerten Bürgersteig. Die beiden Globetrotter betreten den Gastraum.

Drei Raucher im Greisenalter stehen am rustikalen Tresen, begaffen die Ankömmlinge misstrauisch. Ein «Bonjour» wird knurrend ausgetauscht.

Seine Bestellung von «Deux Cappuccini, s'il vous plaît!» bedarf der Wiederholung, bevor sie verneint wird. Ihren Wunsch nach zwei Tassen Café au Lait notiert der Wirt beiläufig.

Er weist die Auswärtigen an, im Zimmer neben der Gaststube Platz zu nehmen. Es ist ein weißgekälkter Raum, der abwaschbare Sockel in lindgrün gestrichen.

Vier runde und drei eckige Vierer-Tische stehen dort. Warten nicht auf neue, nur auf alte Stammgäste, täglich zum Mittagstisch eintreffende Handwerker und Handelsreisende der Gegend.

Auf den Tischen Bestecke aus Cromargan, gewickelt in blaue Papierservietten. Salz- und Pfefferstreuer sind eingedeckt, dazu Öl- und Essigkännchen.

Gegen die Verschmutzung durch Speisen und Getränke schützen mit Blumenornamenten bedruckte Tischtücher aus Kunststoff.

Die Ausstattung der Stube mag dem Geburtsjahr des Hochschullehrers sehr nahe kommen, besitzt für ihn museales Flair.

Die Expertin für Marketing tut sich mit dem pflegeleichten Interieur schwer, lamentiert vernehmlich. Angewidert platziert sie eines der Croissants auf dem vergilbten, klebrigen Tischbezug.

Die Beiden setzen sich vorsichtig auf mit gehäkelten Kissen gepolsterte Holzstühle. Das lose, über dem Fußboden aus Fichte ausgerollte Linoleum wellt sich.

«Merkst du nicht, dass dies alles verflucht grenzwertig ist?», harscht sie ihn an. «Deine Idee, hier zu frühstücken, als auch das Kaff und die Spelunke als solche. Bin megastinkig.»

«Und das nur, weil dir das Baguette, die Butter, die Marmelade, der Kaffee und was sonst noch alles im *Le Petit Bonheur* nicht behagten?» Süffisant wie kratzbürstig fügt sie hinzu. «Oder war ich dir die zwölf Euro nicht wert, die der Concierge für das Petit Déjeuner berechnet?»

Die Wirtin tritt aus der Küchentür. Der unnachahmliche Duft von Schweinefleisch mit brauner Bratensoße verströmt in der Stube. Zwei heiße Becher Kaffee hält sie in Händen.

Kaum, dass die Madame die Croissants erspäht, ist sie ganz Geschäftsfrau.

«Avez vous faim? Certainement. Alors, le menu d'aujourd'hui je peux vous proposer: Une salade nicoise, l'éscalope de porc, des pommes frites et, pour le dessert, une crème brulée fait maison.»

Redselig beginnt die Französin von ihrem grandiosen Mittagstisch zu schwärmen, den sie fünfmal pro Woche anbiete. Von frischen Zutaten aus dem Kräuter- und Gemüsegarten hinter dem Haus, den allseits gerühmten Nachspeisen.

Ein ironischer Seitenblick der frankophonen Schweizerin zu ihrem scheu grinsenden Gefährten. «Na, alles verstanden?»

«Null Problemo», tönt dieser. Das Portemonnaie gezückt, zahlt er die erbetenen drei Euro für den Kaffee. Tut es mit einem übertrieben charmanten «Merci beaucoup».

Sie bedankt sich bei der rundlichen Marie für das angebotene, formidable Menu. Das würden beide gewiss an einem anderen Tag und dann «avec plaisir» probieren. Heute bestünde wenig Zeit.

«Ganz unter uns: Dein Französisch ist absolut ausbaufähig.» Beim Verlassen des Gasthauses zweifelt sie an seiner fremdsprachlichen Kompetenz, macht die Probe aufs Exempel. «Was hat denn Madame so alles erzählt?»

«Was soll sie denn schwadroniert haben?» Er

weicht aus, flunkert. «Belanglosigkeiten, die mich nicht tangieren. Bei so was klinke ich mich in der Regel aus. Interessiert mich schlichtweg nicht.»

Quasi als Beweis schiebt er nach. «Nur damit du es weißt: Das gilt auch für manches auf Deutsch Gefaselte.»

Die Außentemperatur ist auf 26 Grad Celsius gestiegen, als die Zwei den Pkw zur Weiterreise besteigen.

Sie kurbelt die Seitenscheibe des grünen Fahrzeugs herunter, lässt den rechten Arm aus dem geöffneten Fenster baumeln, legt nackte Füße leger auf die Ablage hinter der Vorderscheibe. Die Welt um sich herum reflektierend.

«Freundliche, etwas brave, allzu bodenständige Leute. Und der Hund begraben.»

Einen zusätzlichen Einwurf kann sie sich nicht verkneifen. «Bei aller Bodenhaftung, aber eine Mucki-Bude würde der XXL-Figur von Madame gut tun. Auch weniger Bratensoße und fettige Pommes.»

Er betätigt schmunzelnd den Anlasser des Wagens, gibt Gas. Das Auto setzt sich rückwärts, dann vorwärts in Bewegung, dem Wegweiser Richtung Metz vertrauend.

Hinter dem Ortsausgang von Mars la Tour erreicht der Peugeot eine quadratische Hochebene. Auf dieser fand eine für das ausgehende 19. Jahrhundert bedeutende militärische Auseinandersetzung statt, zwischen Frankreich auf der einen Seite und den mit Preußen verbündeten deutschen Fürsten auf der anderen.

Die Uhr zeigt kurz nach elf, als aus dem Nichts Grabsteine beiderseits des Wegs auftauchen. Monumentale und schmucklose, im unsteten Wechsel. Scheinbar planlos in Wiesen, Äckern und an Waldrändern verteilt.

Noch fünf Menschenalter nach dem Gemetzel zeigen sie an, wo Krieger bei Kampfhandlungen auf einem vermeintlichen Feld der Ehre umkamen. In Massen- und Einzelgräbern wurden die Toten verscharrt.

«Halt doch mal.» Sie fasst energisch nach seinem Arm. «Das ist ja krass. Schön surrealistisch, verteufelt schaurig.»

Von der Straße aus entziffert sie die oberste und unterste Zeile auf einem Gedenkstein aus Granit. Dazwischen die Namen von siebzig Gefallenen des Hannoveranischen Feldartillerie-Regiments Nr. 10: *Ihrem Könige und Vaterlande treu bis in den Tod … Gut und Blut für Kaiser und Reich.*

Beim nächsten Stopp geht sie barfüßig auf einen gemauerten Koloss zu. Ihre Erkältung scheint wie verflogen. Der Begleiter bleibt im PKW zurück. *Den Helden des 6. Brandenburgischen Infanterie-Regiments No. 52, die für König und Vaterland kämpften, bluteten und starben. Das Regiment verlor am*

16. *August 1870 an Toten und Verwundeten 52 Offiziere,
1202 Mann.*

Nicht weit davon der Hinweis: *A la mémoire du
Comte d'Esparbès de Lussan, tombé ici le 16-8-1870.*

«Siehst du das Gehöft, da hinten in der Senke?»
Er blickt Richtung Süden, hat sich vom Sitz erhoben.
«Es heißt Flavigny. Hier fanden die ersten Gefechte
statt. Soll ich dir sagen, was Fontane knapp ein Jahr
danach niederschrieb?»

Er langt nach einer der losen Seiten des Paper-
backs, die auf dem Bord zwischen Fahrer- und Beifahrersitz liegen. Begibt sich zu ihr.

*Der Wind geht leise, der Himmel ist blau, die roten Dä-
cher von Flavigny leuchten über das Feld hin; wie son-
nig, wie friedlich alles; nur hier und dort (aber im ganzen doch wenig bemerkbar) ragt ein Hügel auf und ein
daneben stehendes Kreuz. Dieser friedlich-stille Eindruck bleibt auch, wenige Stellen abgerechnet.*

Beide empfinden, jeder für sich, die vom Dichter
beschriebene trügerische Idylle – die menschliche
Tragödie wie die Schönheit der Landschaft. Ohne
Regung harren sie in Ehrfurcht vor den Toten.

Der säuselnde, warme Wind mahnt die Reisenden an den steten Wandel, an das Kommen und Gehen. Er setzt ein Zeichen gegen den Stillstand von
Zeit und Raum.

Zikaden zirpen. Es riecht nach Sommer.

In bräunliche Plastikplanen gepresste Strohquader liegen verstreut auf den Feldern. Bei der Kornernte wurden sie von Mähdreschern reihenweise ausgespuckt.

Die junge Frau denkt angesichts der Quader unwillkürlich an Verteidigungsanlagen, an schützende Deckungen vor einem feindlichen Angriff.

«Mich fröstelt, lass' uns weiterziehen.»

Zurück beim Wagen setzt sie sich beklommen auf ihren Platz. Er gesellt sich zu ihr, verriegelt die klapprigen Seitentüren. Schiebt den ersten, zweiten, den dritten Gang ein.

«In Kürze sind wir in Rezonville. Das war 1870 so eine Art preußisches Hauptquartier, zumindest für eine Nacht.»

Der Peugeot stoppt beim Ortseingang. Rechts vom Weg die Reste einer von Gras und Gestrüpp überwucherten Sitzbank.

«Hier soll der Preußen-König am Abend des 18. August die Meldung vom Sieg über die Franzosen erhalten haben», murmelt er. «Nach den entscheidenden Waffengängen von Gravelotte und Saint-Privat.»

Er klettert aus dem Wagen. Gequält schließt sie sich an. Beide nahen gemächlich dem steinernen Zeugnis.

Mit der Hand säubert er eine sitzbreite Stelle auf der vom Verfall bedrohten Bank. Positioniert sich dahinter und lädt sie ein, Platz zu nehmen. Ohne dass sie sich wehren kann, schießt er mit seinem Smartphone ein Selfie von sich und ihr.

Im Anschluss rezitiert er Fontane, der die Begegnung von General Moltke mit dem künftigen deutschen Kaiser Wilhelm I. beschreibt.

Er traf den König auf einer improvisierten Bank sitzend: ein Brett (andre sagen eine Leiter), die links auf eine Dezimalwaage, rechts auf einen gefallenen Grauschimmel aufgelegt war.

Sie springt hastig auf, ist echauffiert. «Spinnst du? Ist nicht witzig, uns hier zu knipsen. Einfach makaber.»

Schnell bezwingt sie ihre Empörung, dämpft die Wut, kontrolliert ihr Handeln. Sie sucht einen Ausweg aus der vertrackten Situation, würzt ihren Protest mit Humor.

«Als Eidgenossin bin ich zu strikter Neutralität verpflichtet. Insbesondere, wenn Deutsche und Franzosen sich die Köpfe einschlagen. Da möchte ich nicht Zeugin sein.»

Auf das Angebot hin, ihr das Selfie via WhatsApp zu schicken, macht sie ihn mundtot. Sträubt sich mit «Du kannst mich mal» gegen die Dokumentation einer trauten Zweisamkeit vor obsolet gewordenen deutschen Denkmälern.

Beim anschließenden Spaziergang durch das Dorf

vertreten sich beide die Füße. Der eine auf der rechten, die andere auf der linken Straßenseite.

Hie und da eine Plakette, wer in der denkwürdigen Nacht vom 18. auf den 19. August 1870 in welchem Haus genächtigt haben soll. Er stößt auf die Namen Bismarck, Moltke. Sie auf das ehemalige Logis von Prinz Luitpold von Bayern.

Das Nachtlager des Preußen-Königs ist nur schwer auszumachen, trotz allem männlichen Forschergeist wie weiblicher Neugier. Dies, obwohl Fontane das Anwesen prägnant beschrieben hat und der heutige Weiler Rezonville, in Relation zu damals, unverändert scheint.

Diesem Hause nun schritt ich zu. Es ist, wenn man von Gravelotte kommt, das **letzte** *an der rechten Seite; nur Scheune und Stall liegen noch drüber hinaus. Das Haus ist groß, von einer gewissen malerischen Unregelmäßigkeit, die sich namentlich darin ausspricht, daß die eine Hälfte gar keine Fenster zeigt. Spalier-Birnen, wie überall hier, breiten an der Wand ihr häßliches Geäst aus (man wird immer an Kreuzigung erinnert) und unter dem unmittelbar anlehnenden Wirtschaftshause hin läuft ein tiefer Torweg, in dem eben jetzt Grabkreuze gemacht und beschrieben wurden. Ein halbes Dutzend stand fertig in der Sonne, um zu trocknen. «Hier ruht etc.» hieß es fabrikmäßig.*

«So langsam hab ich von deinem morbiden Kriegsgeheul genug. Null Bock!», stellt sie auf dem

Rückweg zum Wagen unzweideutig klar. «Komm nicht auf die Idee, mit mir die Bataille von Gravelotte abzufahren. Dann bin ich weg.»

Er schluckt. Ihm ist bewusst, dass es für die flotte Hitchhikerin bis Metz nur ein Katzensprung ist. Er kann nicht anders, unterwirft sich ihrem Diktat, hört auf sie.

In der Grünen Minna gefangen durchfahren die Beiden Gravelotte. Gebäude eines ehemaligen und neuen Kriegsmuseums huschen am Fenster vorüber, auch die von Wilhelm II. eingeweihte Erinnerungsstätte für die getöteten Deutschen. Das von Napoleon III. in der Nacht vom 15. auf den 16. August bezogene Quartier wird flüchtig wahrgenommen.

Immer noch existiert die im Mai 1871 von Theodor Fontane aufgesuchte Herberge *Au Cheval d'Or*, wenngleich in bedauernswertem Zustand. Dort hätte die junge Frau gern eine Rast eingelegt, denn das Petit Déjeuner war mit nur einem Croissant allzu dürftig.

Sie verspürt Heißhunger, eine leichte Übelkeit gesellt sich zu den gesundheitlichen Malaisen. Aber sie hatte ihm strikte Weisung zur Weiterfahrt gegeben. An die galt es sich zu halten.

Das Fahrzeug erreicht einen Verkehrskreisel am Ortsrand von Gravelotte. Es folgt dem Abbieger in

Richtung Sainte-Marie-aux-Chênes, auch wenn der kürzeste Weg nach Metz anders ausgeschildert ist.

«Was hältst du davon, wenn wir in Sainte-Marie Mittagspause machten?»

Er richtet an sie die erlösende Frage. Noch ahnt sie nicht, dass es sich um den Nachbarort von Saint-Privat handelt.

Sainte-Marie entpuppt sich als eine stattliche Ansammlung von Häusern und Restaurants. Im Ort angekommen, entscheidet sie sich für ein zentral gelegenes Bistro als Rastplatz.

«Hoffentlich bist du nicht sauer, dass Fontane auch in Sainte-Marie gewesen ist.» Kleinlaut rechtfertigt er die von ihm eingeschlagene Route. «Der Schriftsteller war in fast allen Dörfern rund um Metz, er musste halt seinem journalistischen Broterwerb nachgehen.»

«Halb so wild, solange du mich nicht mit Militärgedöns zutaktest», respektiert sie die Auskunft. In die Speisekarte versunken, den dort für 8,60 Euro angepriesenen Croque Monsieur in der engeren Wahl.

Er kramt Theodor Fontane aus der Jacke, das Stöhnen von ihr ignorierend.

«Ob du willst oder nicht. Das muss ich dir vorlesen. Die Stelle passt geradezu perfekt zu unserer Mittagspause.»

Ste. Marie war Ruhepunkt, wie damals für die Gar-
de, so heute für uns. Wir hielten vor einem Wirtshaus,
dessen Namen ich vergessen habe. Es war Sonntag und
auf und ab wogte die Menge ziviler und militärischer
Besucher. An allem ließ sich wahrnehmen, daß Ste. Ma-
rie, wie dieser Teil des Schlachtfeldes überhaupt, zu
einem bevorzugten Platze für die «sight-seers of all na-
tions», d.h. also etwa für die ‹Sehenswürdigkeiten-Seher›
aller Nationen geworden sei. Ich eroberte mir endlich
einen Eckplatz und bestellte eine Mahlzeit, alles auf
Diskretion.

Er nimmt einen kräftigen Zug vom eiskalt ser-
vierten Vin Rosé. Ohne Rücksprache hatte sie den
Wein bei der Ankunft im Lokal für ihn geordert.
Dazu eine Karaffe Leitungswasser sowie Fencheltee
mit Honig.

In einer theatralisch inszenierten Mischung aus
Pathos und Sarkasmus setzt er nach.

An der Stelle, wo gehungert und gedurstet, geblutet
und gestorben war, gedachte ich, es mir gut schmecken zu
lassen. Ich und viele andere mit mir. «Denn aus Gemei-
nem ist der Mensch gemacht.» Heldengräber um uns
her, Gräber, ohne deren furchtbare Realität wir alle, die
wir da saßen und schwatzten und lachten, diese «gemüt-
liche Fahrt über Land» nie und nimmer hätten machen
können, bedankten wir uns bei ihnen durch nichts an-
ders, als durch gedoppelten Appetit.

«Es ist schrecklich geschmacklos, dass du jetzt

diesen Text vorliest. Was ist daran gut?» Sie ist angesäuert. Vermisst bei ihm ein Minimum an Sensibilität, wieder einmal. «Was bist du nur für ein Mensch?»

«Je n'ai plus faim», bescheidet sie dem von ihm herbei gerufenen Kellner. Begnügt sich mit dem Tee und einem trockenen Petit Pain. Die zweite Ration der Anti-Grippe-Pillen nimmt sie mit einem Glas Wasser ein.

Er verlangt nach dem Croque Monsieur, den sie auf der Speisekarte entdeckt hatte und lässt ihn sich schmecken.

«Glaub' ja nicht, dass du mich beeindruckst. Weder mit Fachwissen, noch als Typ.» Sie spricht ruhig, überlegt. Lehnt sich nach hinten, schaukelt auf dem Stuhl. «Bist ein mieser Spießer, der gigantisch nervt.»

Als ob sie es ihm heimzahlen will, reißt sie das auf dem Tisch deponierte Fontane-Buch an sich, blättert gezielt darin.

«Hab' vorhin in dem Exemplar einen Absatz gefunden, der hundertpro auf dich zutrifft.»

Ach, Heinrich! Ein unbeschriebenes Blatt, war er in Frankreich eingerückt und unbeschrieben mit französischen Vokabeln verließ er es wieder. Was er nach Frankreich mit hineingenommen hatte: du pain und du vin, ayez la bonté und s'il vous plaît, diesen eisernen Bestand nahm er wieder mit heim, im wesentlichen unvermehrt,

aber geheiligt durch das Bewußtsein, auf Schloß Don-
court mit einem alten Comte und auf Schloß Roncourt
mit einer jungen Comtesse eine höchst intrikate Unter-
haltung geführt zu haben.

Sie stockt an dieser Stelle. Schnieft, bindet den
Seidenschal neu. Zitiert eine weitere Sentenz, mit
der sie ihrer Mitfahrgelegenheit den Spiegel der
Überheblichkeit vorhält.

Es wohnt dem Deutschen eine gewisse Beflissenheit
inne, namentlich da, wo es etwas zu lernen gibt, von der
Situation zu profitieren, aber nicht minder neigt er dem
Bequemen, dem Ungenierten zu, und wenn schon in ge-
wöhnlichen Zeiten die Behaglichkeit über die Beflissen-
heit vielfach den Sieg davonträgt, so doch sicherlich in
Kriegszeiten.

«L'addition, s'il vous plaît!», winkt er unwirsch dem
Ober zu, begleicht abgezählt die Rechnung, ohne sie
zu überprüfen.

«Kommst du mit? Es geht nach Metz. Über
Saint-Privat!» Im Marschschritt läuft er zum Auto.
«Ich fahre die Strecke ja nicht zum Spaß ab.»

Endlich legt er ihr die Beweggründe für den aus-
giebigen Besuch der Kriegsschauplätze bei Metz offen.

«Ich soll für das Fachjournal der Literaturwissen-
schaftler einen Essay über Fontanes Reise von 1871
schreiben. Da müssen die Fakten stimmen.»

Nachdem er sich bei ihr ehrlich gemacht hat,

akzeptiert sie ohne Widerspruch die Wegführung. Nicht aus Leidenschaft, sondern beruflichem Verständnis.

Hierfür muss er ihr zusichern, dass er sie zur Metzer Kathedrale bringt. Sie möchte sich die Glasfenster von Marc Chagall ansehen, da sie schon einmal in der Gegend weilt.

Der in die Jahre gekommene Wagen kriecht auf der schnurgeraden Route départementale eine Anhöhe hinauf. Auch diese Straße durchschneidet mit Gräbern übersäte Äcker.

Linker Hand bereitet ein Bauer Stoppelfelder mit der Egge für die nächste Aussaat vor. Grenzüberschreitenden elektrischen Strom produzieren rotierende Windräder in einiger Entfernung.

Sie vertieft sich in zwei Kunstbände, die sie der Reisetasche entnommen hat, beschäftigt sich mit Chagall und seinem Werk. Sichtet Fotos von der Metzer Kathedrale, den Fenstern des Künstlers.

Das deutsch-schweizerische Gespann erreicht schließlich das obere Ende einer sich bei Saint-Privat aufbäumenden Schichtstufe, die Côtes de Moselle.

Von dort geht sein Blick zurück über den alten Schutzwall der Franzosen, als Gartenmauern zum Teil noch erhalten. Beide starren auf die von Sainte-Marie kilometerlang ansteigende, baumlose Fläche. Theodor Fontane bezeichnet sie als *Schräglinie*.

«Man muss ziemlich bekloppt sein, um bei einer seitlich gekippten Tischplatte den Angriff von unten zu wagen.» Hier sind sich beide Schlachtenbummler einig.

«Extrem hohe, in die Tausende gehende Verluste an nur einem einzigen Tag», vermeldet er mit frostiger Stimme.

In ganzen Garben sanken sie dahin, die großen schönen Garde-Leute; unerbittlich mähte Schnitter Tod. Oben auf der Höhe von St. Privat aber standen die französischen Offiziere (wie mir versichert worden ist) und folgten kopfschüttelnd, in Tränen und Bewunderung, dem großartigen Schauspiel, das hier Mannesmut und Vaterlandsliebe, Disziplin und Ehrgefühl vor ihren Augen aufführten.

«Für was nur wurden die Männer verheizt, Väter wie Söhne?» Ihre Frage verhallt. Auch interessiert niemanden, welche Kriegspartei am 18. August 1870 die größere Zahl an Toten zu beklagen hatte.

«Glaubst du, dass sich Geschichte wiederholt?» Sie blinzelt in der gleißenden Sonne zu ihm auf, erwartet seine Prognose.

«Hm, man weiß nie ...» Er zieht die Augenbrauen hoch. «Aber es ist letztlich egal, was ich glaube. Fest steht, dass seit der Karolingischen Reichsteilung kein Jahrhundert vergangen ist, in dem sich Deutsche und Franzosen nicht beharkten.»

Er könne nur darauf setzen, dass die Europäer aus der Vergangenheit Eines gelernt hätten: Dass alle in einem, einem einzigen Boot säßen und zum Überleben gemeinsam in dieselbe Richtung rudern müssten.

Derweil hockt er mit angewinkelten Beinen auf einem Baumstumpf. Trockenmauern stützen den Nacken.

«Wenn ich so mit ansehe, was täglich alles um uns herum geschieht. Bei mir bestehen da Bedenken, ob die Politiker und Völker heute klüger sind als früher.»

Er schmiegt sich an die neben ihm Stehende, bietet ihr Knie und Oberschenkel als Sitz, will mit ihr schmusen.

«Wir zwei lassen uns doch nicht kirre machen? Ich jedenfalls freue mich auf die nächsten Tage.»

Sie drängt zum Aufbruch.

Mit melancholischen Gedanken im Gepäck setzt das Paar die Fahrt fort. Die Düsternis von historisch Geschehenem fordert Tribut, auch der mühsame Prozess des Kennenlernens von zwei sich Fremden.

«Wo bist du mit den Gedanken?», unkt sie, als die Silhouette von Metz in Sichtweite gerät. Räumt ihre Kunstbände beiseite.

Er flachst. «Bei mir.»

Nach zwanzig Minuten und dem Austausch von Banalitäten fährt der Peugeot 205 in ein Parkhaus ein. Die Tiefgarage liegt in der Stadtmitte, unter der Esplanade.

Auf einem freien Stellplatz angekommen, grabscht sie nach der Tasche auf dem Rücksitz. «Die nehme ich besser mit.»

Sie prüft ihre Kameraausrüstung auf Vollständigkeit. Auch vier Bücher zu Glasmalereien haben in dem robusten Gepäckstück ihren Platz gefunden. Kleidungsstücke, Wäsche, Kulturbeutel und Geldbörse fallen da wenig ins Gewicht.

«Lass doch die Sachen im Kofferraum.» Er rätselt. «Oder hast du Angst vor Dieben?»

«Quatsch! Das ist es nicht. Hab' aber manches gern bei mir», entgegnet sie entschieden. «Zum Beispiel das gesamte Equipment, um coole Fotos von der Kathedrale zu machen, nicht zuletzt den Chagall-Fenstern.»

Traumwelten

Hier an einem lachenden Maitage sitzen, zumal um die Mittagsstunde, war ein Genuß, der etwas von der Elegance der Boulevards mit der Heiterkeit des Jahrmarkts in sich vereinigte. Unter den Laubengängen der Esplanade wogte es auf und ab, der Springbrunnen plätscherte, die Militär-Kapelle spielte ihre Verdi- und Bellini-Märsche, von links her aber lärmte in die sentimental getragenen Töne die immer lustige Pauke eines Carrousels hinein; die großen und kleinen Pferde (ein ganzer Marstall in Holz) drehten sich immer rascher.

Seit der Reise Fontanes hat sich auf der Metzer Esplanade nur wenig getan. Zwar fehlen an diesem sonnigen Nachmittag die Militärkapelle und das Karussell. Straßencafés laden hingegen, wie eh und je, zum Sehen und Gesehenwerden ein.

Aus dem Halbdunkel der Tiefgarage steigend, betreten die Beiden den weiträumigen Platz. Etliche Treppenstufen sind gemeistert. Das mit Kies und Sand planierte Terrain reflektiert die Hitze des Tages. Die Luft flimmert über dem zermahlenen, hellen Kalkstein. Grelles Licht blendet die noch Orientierungslosen.

Die Marketingfrau aus Neuchâtel marschiert voraus, an vorderster Front. Behänd und leichten Fußes, trotz der Erkältung in den Gliedern und schwerem Gepäck auf dem Buckel.

Der Literaturgeograph aus Augsburg stapft schnaubend hinter ihr her, das Anzugsjackett über dem Arm. Er ist durstig.

«Nach all' den Strapazen haben wir uns eine Erfrischung redlich verdient. Was meinst du?»

Er setzt die Nickelbrille ab, wischt mit einem Stofftuch den Schweiß von Stirn und Nase, fängt an der Oberlippe perlende Tropfen auf.

«Apérol Spritz gefällig? Den sollt ihr Schweizer ja zu eurem Nationalgetränk erkoren haben, jedenfalls im Sommer.» Er gibt sich jovial. «Da bin ich gerne Eidgenosse.»

«Eine Tarte aux Pommes wäre jetzt prima!» Schnippisch fügt sie hinzu. «Hab' das Frühstück und den Mittagstisch bekanntlich verschmäht, wie du weißt. Ist ja nicht ohne Grund geschehen …»

Der Angesprochene überhört geflissentlich die Schelte, faltet das Schweißtuch, steckt es in die Hosentasche. Seinen Gang hat er verlangsamt, bleibt an einer Mauerbrüstung stehen.

Der Blick wandert von der Esplanade hinab zur Mosel, über den Fluss hinweg nach Westen, zu den

Kriegsstätten auf den Anhöhen gegenüber. Das Ergebnis der Erkundungsreise auf Theodor Fontanes Spuren befriedigt.

Ohne weitere Verzögerungen promenieren beide über das weitläufige Areal, das stundenlange Exerzierübungen von Freund und Feind erlebt hat. Heute dient es weniger kriegerischen Paraden als dem friedlichen Rendezvous.

Trotzdem beherrscht das Militär noch immer die Szene. Kasernen und repräsentative Bauten aus längst vergangenen Tagen umrahmen drei Seiten der Esplanade. In Scharen strömen Rekruten herbei, feiern grölend den Dienstschluss in der khakifarbenen Uniform der Grande Nation.

An diesem drückend heißen Tag nehmen die zwei Kultur- und Forschungsreisenden gegen 17 Uhr auf der Terrasse eines Cafés Platz: Zwischen sonnenhungrigen Touristen, Damen der Metzer Gesellschaft, chillenden Geschäftsleuten, Bonvivants. Sie sichern sich Stühle mit gusseisernem Tischchen zum Abstellen von Getränken und Speisen.

Per Zuruf verlangte orangefarbene wie alkoholhaltige Getränke Schweizer Ursprungs werden von einer quirligen Kellnerin zügig serviert. Scheppernde Eiswürfel in den Gläsern animieren das Zuprosten. Die für die Hungrige in Auftrag gegebene Tarte aux Pommes bleibt avisiert.

«So könnte für mich jeder Tag ausklingen. Hätte nichts dagegen.» Mit geschlossenen Lidern himmelt er selbstgefällig die Sonne an. Die Eroberung vom Vorabend schmückt an seiner Seite.

Sie schützt ihre Augen mit grün getönten Gläsern, beobachtet im Licht der Sonne einen Pulk von Lieutenants und Sergeants.

Die Männer werfen lange Schatten, die auf dem gestampften Lehmboden der Esplanade umher wabern. Sich berühren, voneinander abrücken, hin und wieder überlappen. Winzige Bewegungen, ein Abstoppen oder Beschleunigen beim Gehen, ein sich Necken beeinflussen ihr Spiel.

Die Zuschauerin amüsiert es.

An Nachbartischen glotzen Gäste auf ihre Mobiltelefone – mal freudig, mal traurig. Andere verzückt, emotionslos oder verbittert. E-Mails werden gecheckt, manche SMS annulliert, eine WhatsApp bearbeitet. Alle sitzen stumm beisammen, getrennt nach Rasse und Hautfarbe.

Auch die Schweizerin vernetzt sich mit der Welt, hackt lapidare Botschaften versiert und sorglos in ihr Smartphone. Die von der Kellnerin angereichte Tarte kann sie nicht davon abhalten.

Mit triefender Nase liest sie einen Tweet. ‹Wann kommst du? Vermisse dich.›

Während sie nachdenkt und ihr Weggenosse vor sich

hin döst, betritt ein anderes Duo die Terrasse des Cafés, setzt sich an einen frei gewordenen Tisch.

Die Frau im Business-Kostüm, Einkaufstüten einer Parfümerie in Händen. Der Mann im korrekt sitzenden Nadelstreifenanzug trägt zwei Aktenkoffer.

Die Personen sind einander vertraut. Die Rollenverteilung eines Oben und Unten scheint hierarchisch vorgegeben. Trotz der Duzerei, die Ebenbürtigkeit vortäuscht.

Der Dösende staunt nicht schlecht, als er die weibliche Stimme zu identifizieren glaubt. Muss mit anhören, worüber ein ihm völlig anonymer Mann lästert.

«... Ein selbstverliebter Langweiler. Da hast du nichts versäumt. Reines Gequatsche. Und dann überzieht der Kerl auch noch sein Zeitbudget. Du kennst ja diese Profs. Plustern sich auf, wenn sie mal vor Erwachsenen reden dürfen.»

Der so etikettierte Hochschullehrer ist schockiert. Es geht letztlich um ihn.

Schließlich wechselt der Berichterstatter das Thema, erkundigt sich bei seiner Vorgesetzten. «Und wie lief es gestern Abend bei dir? Ist die Brasserie tatsächlich so toll wie behauptet?»

«Kann ich nur wärmstens empfehlen». Ihre Antwort bestätigt eine Haute Cuisine. «Auch mein Mann hat es nicht bereut, für die Plateau de Fruits de Mer extra nach Metz anzureisen.»

Es bleibt ein Wermutstropfen. «Leider musste er früh zurück, wegen der Arbeit. Einen Vorstandsposten in der Privatwirtschaft zu verteidigen ist halt kein Pappenstiel. Überhaupt: Ich soll dich grüßen.»

Verstohlen öffnet der von der Sonne Verwöhnte die zum Himmel, jetzt zur Erde gerichteten Augen. Am Nebentisch bemerkt er die aus Deutschland zum Historiker-Kongress angereiste Kulturministerin und ihren Assistenten.

Er will nicht enttarnt werden, möchte schleunigst weg. Der in ihr Smartphone Vertieften flüstert er einige Worte zu. «Lass' uns abhauen. Wir sollten zu Chagall, bevor die Sonne an Kraft verliert.»

Alsbald schlendern die Zwei durch die Metzer Fussgängerzone, der Cathédrale Saint Étienne entgegen. Der Gleichschritt fällt ihnen schwer.

Dem schlaksigen Typ mittleren Alters, von stattlicher Statur und ebensolchem Werdegang, der sich mit akutem Sonnenbrand und altbekanntem Outfit präsentiert. Im Schlepptau einer lebenslustigen Frau von Ende Zwanzig, deren Markenzeichen eine stylische Sonnenbrille und die modische Vintage-Tasche sind. Zumindest für den Augenblick.

Das ungleiche Paar passiert den mediterranen Place Saint-Jacques mit seinen Bars und Restaurants. Hier tummelt sich das Metzer Bürgertum, ob jung, ob alt, optimistisch wie lautstark. Umringt von

ehemaligen Kontor-Häusern einer reichen Kauf-
mannschaft.

Die schmucken Kalk- und Sandsteingiebel zeigen
sich den Vorbeischlendernden in prächtigem Gelb,
Ocker bis hin zum Rosa. Auf der sonnenabgewandten
Seite des intimen Platzes überwiegt mattes Braun.

In der Rue des Clercs lockt ein modernes Entrée
in altes Gemäuer und macht auf eine Hotelunter-
kunft aufmerksam.

«Wollen wir im *Grand Hôtel* absteigen?», möchte
er en passant klären. «Wäre eine extravagante Herberge ...»

Just in diesem Moment erspäht sie die Kathedrale
durch eine der Häuserschluchten. Der mächtige Bau
ist umhüllt vom Gold eines nicht allzu fernen Son-
nenuntergangs.

«Wow. Sieht die Klasse aus! Ich fass' es nicht.»
Sie hüpft vor Ekstase. «Ein richtiger Knüller! Bin to-
tal aufgeregt. Die gotischen Pfeiler, Spitzbögen, die
Vielzahl an Türmchen, flamboyanten Verzierungen.
Alles strebt nach oben. Supergeil, das Ganze.»

Sie stellt die Reisetasche ab, entnimmt ihr Foto-
apparat und Weitwinkelobjektiv. Macht sich an die
Arbeit.

Der Literaturgeograph strebt dem *Café de la Cathédrale* entgegen, einem Ort, wo er sich Theodor Fontane sehr nahe weiß.

Die zerknautschte Jacke hängt er penibel an einem Absperrgitter vor der Kathedrale auf. Unansehnliche Überreste der Tagebuchaufzeichnungen Fontanes rupft er aus dem Anzugsjackett.

Nachdem sie das Fotografieren des Kirchenäußeren beendet hat, geht sie zu ihm.

Er wartet ungeduldig vor dem Café, hält den zerfetzten Band *Aus den Tagen der Okkupation* in der rechten Hand, mit der anderen umfasst er seinen Hosenbund. Stehend ergötzt er sich an des Dichters Worten.

*Hier blüht der Cognackellner, der wie ein Bankhalter die Höhe von zwanzig Karten, so die Cognac-Höhe von wenigstens zwanzig Flaschen beständig im Gedächtnis trägt, hier wird die Cigarette gewickelt, die kleine Pfeife gestopft, hier klappert von früh bis spät der Dominokasten, hier schlägt der Carambole-Ball unerbittlich an die Bande, hier sind die Blouse und der Henri-quatre zu Haus, hier schnattert's und gattert's, hier blitzen die dunklen Augen, und ein narkotischer Samum von Tabak und Mokka weht heiß über die Tische hin. Hier wandern der Figaro und der Gaulois von Hand zu Hand, und lange wird es dauern, eh die Kölnische Zeitung an **dieser** Stelle ihren Sieges-Einzug hält.*

«Wenn du dich umsiehst, spürst du, dass sich im zivilen Metz seit Ende des 19. Jahrhundert einiges verändert hat», konstatiert er. «Auch der Name der

Bar wurde wohl umgetauft. In *Café à la Lune*, wie ich lesen muss.»

Auf ihren Wunsch hin verzichten die Beiden auf Cognac, Tabak, Unterhaltungsspiele. Sie belassen es bei zwei Cafés noirs im Stehen, die auf der Getränkekarte als Espresso angeboten werden.

Nach dem abermaligen Überfliegen der Aufzeichnungen Fontanes dann eine finale Würdigung durch den Dozenten. Er artikuliert hölzern, eher für längere Schriftsätze als für Gespräche geeignet.

«Auch dir dürfte klar geworden sein, wie sprachgewaltig, akkurat und nah an der Gesellschaft Theodor Fontane formulieren konnte. Mal unter Verwendung von journalistischen Pinselstrichen, mal mit poetischen Tupfen. So schuf er mit seinen Texten eine neue Art von Lyrik.»

«Und stell' dir vor: Sein pragmatischer Realismus galt, nach Zeiten der Missachtung durch das Feuilleton, urplötzlich als literarische Innovation. Und noch etwas …»

Sie leiht seinem nicht enden wollenden Erguss an Worten ein Ohr. Das andere hat sie der Unterhaltung eines Schweizer Ehepaars vorbehalten, das in dem imposanten wie pittoresken Kirchenschiff ein «Abbild der Welt Gottes auf Erden» vermutet.

Ein herzliches «Grüezi mitenand» lässt die in Andacht versunkenen älteren Bildungsbürger aufhorchen.

Die landsmannschaftliche Verbundenheit schafft Zuneigung.

Bald tauscht die junge Frau mit Pauline und Henri Stimpfli Freundlichkeiten aus, in Schwyzerdütsch als auch Französisch. Von wo man komme, wohin man gehe? Was man in Lothringen tue? Dass die Fenster von Chagall in der Kathedrale ein Muss für Kunstpassionierte seien.

Spät registriert er, dass sie sich von ihm ab- und ihren Landsleuten im Rentenalter zugewandt hat. Dies wurmt, bereitet dem Eifersüchtigen Missvergnügen. Er will sie zurückgewinnen, allein für sich haben. Im Windschatten des christlichen Bauwerks sinnt er auf Gegenmaßnahmen, martert sein Hirn.

Um ihre Gunst wieder zu erwerben, ruft er dem eidgenössischen Trio überfallartig zu. «Hat jemand die Statue von Wilhelm II. entdeckt?»

Seine Reisegefährtin wiegelt genervt ab. «Geht's noch? Ist wohl wieder einer deiner blöden Scherze.»

Die Stimpflis sind perplex, fühlen sich nicht angesprochen.

«Spaß beiseite!» Sachbezogen wie leutselig klärt der Wissenschaftler auf. «Es war der letzte deutsche Kaiser in Person, der um 1900 die Eingangspforte der Kathedrale im neugotischen Stil erbauen ließ. Das war ihm ein Herzensanliegen. Und dort steht er leibhaftig noch heute. Als Heiliger, in Stein gemeißelt.»

Den von ihm Überrumpelten gibt er ungefragt einen Tipp zur Lösung der kniffligen Aufgabe. «Wer den Propheten Daniel entdeckt, hat zugleich den Hohenzollern gefunden. Wie natürlich umgekehrt.»

Nach einer zusätzlichen Hilfestellung, wonach die Statue des kaiserlichen Zwirbelbarts beraubt worden ist, wird Wilhelm II. von Henri Stimpfli erkannt. Ein höfliches Klatschen der Damen belohnt den Sieger des Ratespiels.

In seiner Selbstachtung gestärkt, betritt der universitäre Spaßvogel als Erster das Gotteshaus. «Kenne ich wie meine Westentasche.»

Gregorianische Gesänge vom Band, Weihrauch und Myrrhe vom Vormittag begrüßen die Kirchgänger. Im über 42 Meter hohen Hauptschiff erscheinen sie klein und unbedeutend.

«Gehen wir nach links», erteilt der ortskundige Deutsche den Schweizern Anweisung.

Bald bremst er die forsche Gangart, ist verwirrt. «Oder doch nach rechts?»

Eines der von der kunstaffinen Schweizerin mitgeschleppten Bücher gibt letztendlich den entscheidenden Hinweis. Es enthält eine Grundriss-Zeichnung der Metzer Kathedrale, die über den Standort einzelner Kirchenfenster aufklärt.

«Bitte, mir nach! Seid so guet.»

Die Endzwanzigerin übernimmt das Zepter. Gibt Pauline Stimpfli Sicherheit, die Chagall-Bilder rasch aufzuspüren.

Die Vierer-Gruppe durchquert das Mittelschiff. Vorbei an Betern, die schuldbeladen in Bänken aus dem hartem Holz eines Nussbaums knien. Andere Besucher sitzen darin versonnen, von der geheimnisvollen Musik in himmlische Welten entführt.

Die nach Chagall Ausschau Haltenden zwängen sich durch eine Ansammlung von Menschen in der Vierung des Doms, wo sich Lang- und Querhaus durchdringen.

Diesen Ort hat eine französische Reiseführerin gewählt, um afrikanischen Asylanten Wegweisung zu geben. Bewaffnet mit einem roten Fähnchen, parliert sie gestenreich über die Entstehung der Kirche zur Zeit der Karolinger.

Als die energiegeladene Schweizerin mit ihrem Tross im nördlichen Umgang des Chors eintrifft, empfängt sie die Abenddämmerung. Im fahlen Licht sind die von Chagall gemalten Episoden aus dem Alten Testament nur diffus auszumachen.

«Wir haben Glück im Unglück», beginnt die zur Gruppenleiterin aufgestiegene Marketingassistentin. «Glück, weil um diese Zeit nicht mehr viele Personen hier herumlaufen. Die Leute sollen sich oft gegenseitig auf die Füße treten.»

Sie löst sich von ihrem männlichen Schatten. Geht zu ihm auf Distanz, als er allzu nah an sie heranrückt.

«Pech haben wir», fährt sie in ihrem Gedankengang fort, «da die Lichtbedingungen gegenwärtig sehr speziell sind.» Sie sieht zu der mehrteiligen Glasarbeit hinauf, begrenzt und unterteilt von Steinbögen und Säulen.

«Einzelheiten der Sequenz sind um diese Tageszeit leider schlecht auszumachen. Mich rühren sie momentan allerdings besonders, dem Spirituellen eines Marc Chagall angemessen.»

Seit der Abfahrt von *Le Petit Bonheur* hat ihr ständiger Begleiter sein Smartphone für Fotoaufnahmen parat. Mit eingebauter Kamera nimmt er laufend Bilder von Gebäuden und historischen Orten auf.

Dies geschieht, falls möglich, mit der von ihm Begehrten im Vordergrund. So auch jetzt bei den Kirchenfenstern Chagalls, vereint mit den Objekten ihrer Begierde.

Seinem Tun schenkt sie nur sporadisch Beachtung. Zwei an den Arbeiten Chagalls interessierte Touristen haben sie in Beschlag genommen, erweisen ihr die Referenz, die sie sich von ihm erträumte.

Fixiert auf die kunsthistorisch und theologisch bedeutsame Bilderwelt zeigt sie auf, wie bei dem Maler

Judentum und Christentum zu einer Harmonie finden. Für den Wahl-Franzosen besitze die Bibel die Funktion eines Scharniers.

«Das Alte Testament war Chagall von frühester Jugend an vertraut.» Sie berichtet von seiner Kindheit in einem weißrussischen Schtetl. «Und das Neue Testament des Christentums baut, auch und gerade im Verständnis von Chagall, auf dem alten Bund Gottes mit den Israeliten auf.»

Um Gemeinsamkeiten der beiden Religionen zu unterstreichen, erwähnt sie das Ewige Licht, das in der Apsis der Cathédrale Saint-Étienne in einer Lampe mit rotem Schirm brennt. In katholischen Kirchen wie Synagogen erinnere es an die Gegenwart des Schöpfers.

Das Wasser wiederum diene in allen monotheistischen Weltreligionen als Zeichen der Reinigung von Körper und Geist.

«Darum möge sich niemand wundern ...» Ein frischer Luftzug zwingt sie zum Niesen, zum Schnäuzen. «Wenn der jüdische Künstler bei der Vielzahl an Arbeiten für christliche Auftraggeber mit sich im Reinen blieb.»

«Nicht Trennendes, sondern Frieden und Vergebung unter den Menschen zu stiften war seine Mission. Ein, wie ich meine, höchst persönlicher Beitrag zur Heilung der durch die Schoah geschlagenen Wunden.»

Den Zyklus von Marc Chagall en face, gibt sie ihrer Gruppe Gelegenheit zum Abwägen, Verstehen. Sie mutet ihr sechs lange Minuten lautloses Innehalten zu.

Sie selbst macht unterdessen mit der Kamera Aufnahmen für das eigene Archiv. Nutzt das Blitzlicht, auch wenn die Kirchenordnung dessen Einsatz strikt verbietet.

Danach taucht sie erneut und beredt in das Œuvre Chagalls ein, einen der mitgeführten Kunstbände als Ratgeber unter dem Arm.

«Von einigen Kunsthistorikern wird Chagall als ‹malender Poet› apostrophiert, von anderen als ‹Mythenerzähler›. Dies unterscheidet ihn von der heutigen Generation sakraler Glasmaler, so von einem Gerhard Richter oder Imi Knoebel.»

Rein abstrakt, also nicht gegenständlich, seien deren Entwürfe konzipiert. «Allein die Art, wie sich das Licht an den Scheiben bricht, scheint Richter und Knoebel zu inspirieren. Bei diesen Künstlern sind es nicht die konkreten Inhalte der Bibel, die wiederum für Chagalls Herangehensweise ursächlich sind».

«Muss denn die Aussöhnung von Juden und Christen so zappenduster wie auf diesen Bildern daherkommen?», wirft der Literaturgeograph abrupt ein. «Mit dem öden Chagall-Blau komme ich überhaupt nicht klar.»

Seine Skepsis wird durch die bei Tag nur schwach, mittlerweile kaum noch Licht durchlässige Glasfront genährt. Wenn überhaupt, dann sind kalte und dunkle Töne vorherrschend. Viel Blau, dazu Blutrot, durchsetzt von wenigen Stellen in Gelb und Weiß.

Diplomatisch geschickt geht sie auf seinen bereits früher geäußerten Einwand ein. «Irgendwie hast du ja Recht. Um diese Uhrzeit wird das Rätselhafte, das den Fenstern innewohnt, für manch einen schlecht wahrnehmbar.»

Umso entschiedener verteidigt sie anschließend ihre positive Sichtweise. «Dennoch bleibe ich dabei, auch wenn es für emotional abgestumpfte Zeitgenossen ein echtes Problem sein könnte: Das Mysterium des Bildzyklus kann vor allem in den Abend- und Nachtstunden intensiv empfunden werden.»

Die Referentin erläutert ihren Zuhörern ein Grundprinzip vieler Kirchen des Mittelalters. Dass, bewusst auf deren Nordseite, blaues Glas in die Bleirahmen der Fenster eingesetzt wurde.

«Die Farbgebung steht für das Alte Testament. Für das sehnsüchtige Warten auf den Messias.»

Weder von den Stimpflis noch von ihrem ärgsten Kritiker gibt es Ergänzungen und Einwände. Somit kann die junge Frau das Transzendente bei Chagall ins Zentrum ihrer weiteren Ausführungen stellen.

«Auf der Nordseite erreicht jetzt das Tageslicht nur äußerst matt das Innere der Kathedrale. Bei Vollmond hingegen dringen aggressive, silbrig-blau schimmernde Strahlen in den Kirchenraum ein. Was ihn gespenstisch erhellt, ihn märchenhaft verzaubert. Dies aber ist nicht alles!»

Unbewusst und ungewollt ahmt die Marketing-assistentin das Deklamieren ihres männlichen Anhangs nach, hat wie er den Ehrgeiz, solides Wissen im Detail auszubreiten. Die Schonung angegriffener Stimmbänder ist für sie nachrangig. Dafür müssen Schal, Tabletten und ein Rachenspray mit dem Extrakt von Kamillenblüten ausreichen.

«Studien zum Stand der Himmelskörper macht sich Chagall zu eigen, wenn er den gegen Abend beziehungsweise des Nachts eindringenden Schein von Sonne und Mond bündelt. Durch die gelben und weißen Scheiben fällt dann das Licht in hoher Dosis in das Kirchenschiff, mit dem Effekt von Laserstrahlen.»

Sie reckt den rechten Arm in die Höhe, unterrichtet ihre Landsleute. «An diesem Punkt fokussiert der Künstler die Strahlen auf Moses und die Zehn Gebote.» Geht einige Meter auf die Fenster zu, guckt zu ihnen empor. «Ein anderes Mal auf Abrahams Sohn Isaak, der Gott geopfert werden soll.»

«Beide Male bringt Chagall religiöse Sujets zum Schwingen, indem er den Lichteinfall über die

Propheten auf uns als Betrachter lenkt. Auf uns Menschen als Betroffene. Er möchte, dass wir mit den tiefsten Schichten unserer Seele eins werden.»

Sie gerät ins Schwärmen, die Wangen errötet, die Pupillen geweitet.

«Chagall ist absolut Spitze, sowohl in der bildnerischen Darstellung wie technischen Umsetzung von komplexen, übernatürlichen Vorgängen. Total crazy, der Typ!» Nach einer Schrecksekunde. «Äh, verzeihen Sie. Wollte ‹einzigartig› sagen. Ist mir so rausgerutscht. Sorry.»

Sie schnauft durch, ortet den schlafwandlerisch umherirrenden Gelehrten, sorgt sich um ihn. Der Hals kratzt. Sie hustet, knotet das Seidentuch neu.

Dann bittet sie ihn zu sich, gibt einen wohlmeinenden Fingerzeig. «Plag' dich nicht so. Ich mach' es dir zum Einstieg etwas leichter mit Chagall und der sakralen Kunst.»

Er blickt ungläubig drein. Verkniffen, angespannt.

«Dreh' dich um! Schau' dir das Glasfenster im Querschiff an, du siehst es von dir aus super.» Sie unterstützt ihn beim Suchen. «Ist an der Westseite der Kathedrale.»

Drei Hälse wenden und recken sich Richtung Westen. Auch die Stimpflis wollen nichts verpassen.

«Hast du das Fenster gefunden?» Der Tonfall

entspricht dem einer besorgten Therapeutin. «Die Arbeit stammt ebenfalls von Chagall. Ich bin sicher, sie macht dich weniger depressiv, zumal ihr Titel *Le Paradis terrestre* lautet.»

«Wie für alle sichtbar: Die Farbe Gelb dominiert den Garten Eden. Gelb verarbeitet der Künstler hier reichlich. Er will damit die Anwesenheit Gottes bei der Entstehung der Erde symbolisieren. Apropos!» Sie hält zu ihm Blickkontakt. «Das von dir ungeliebte Chagall-Blau wird im ‹Irdischen Paradies› recht sparsam eingesetzt.»

Fortan richtet sie ihr Augenmerk bewusst auf die nach Norden hin gelegenen Kirchenfenster des Malers. Sie will sich nicht verzetteln, pickt deshalb eines der sieben Motive heraus, konsultiert die mitgeführten Bücher.

«Dieses Bild hat Chagall zu *Jakobs Traum* geschaffen. Die Thematik ist schlechthin der Schlüssel zum Selbstverständnis des Künstlers», fügt sie im Brustton einer Überzeugten an. «Wieder und wieder hat er sich als schlafender Jakob gemalt, seit einem für ihn existentiellen Traum mit 32 Jahren.»

«Die Farbe Gelb ist in Chagalls religiösem Werk ein Synonym für Gott», repetiert sie zur Betonung eines generellen Sachverhalts. «Aber nicht allein das. Auch die in diesem Fenster integrierte Himmelsleiter bezeugt die Liebe Gottes zu den Menschen.»

«Verfolgen Sie die auf der Leiter schwebenden und tanzenden Gestalten», bittet sie ihre Gruppe. «Als Boten zwischen Himmel und Erde führen sie Licht und Dunkelheit zueinander.»

Chagall verknüpfe damit ein Gebot, ja eine Forderung: Auch im Verhältnis von Mann und Frau gelte es Brücken zu bauen, aktiv wie permanent.

Der Maler vertrete in seinen profanen Arbeiten sogar die These, dass der Himmel in der erotisch-sexuellen Verbindung der Geschlechter mystisch erfahren wird. Und zwar als Haus Gottes.

Sie linst zu ihm herüber, sehnt sich nach einer menschlichen Regung. Einer einzigen, wenn auch noch so zaghaften.

Stattdessen meldet sich Henri Stimpfli zu Wort, outet sich als rational denkend. «Wie gelangt ein Intellektueller wie Chagall zu derart skurrilen, absonderlichen Ansichten?»

Der Hochschullehrer bäumt sich auf, setzt auf einen Verbündeten. Endlich. Herrn Stimpfli assistierend, gibt er zu Protokoll.

«Mutet bei Chagall doch alles recht kindlich an, allein die Figuren. Auweia! Sie sind für mich furchtbar naiv, eher kitschig, um nicht den Begriff ‹Kinderkram› zu gebrauchen.»

Vehement widerspricht die sachkundige Schweizerin. Nur ein Kunstbanause könne so argumentieren. Die Qualität der phantasiereichen, dazu eigensinnigen Form- und Farbgebung sei weltweit anerkannt, die religionsphilosophische Fundierung nicht anzuzweifeln.

«Da mag bei Chagalls Arbeiten die russische Seele und Volkskunst mit hineinspielen», räumt sie ein. «Auch die legendenhaften Geschichten des Alten Testaments, gespickt mit übernatürlichen Begebenheiten. Vergessen wir nicht das transzendente Traumerlebnis, seine veritable Gotteserfahrung.»

«Doch nun zum Spiel der Farben!» Kurzentschlossen dirigiert sie die Aufmerksamkeit ihres Publikums auf einen anderen Aspekt.

«Wer präzise hinschaut, kann fühlen, an welchen Stellen sich das Licht bei *Jakobs Traum* Bahn bricht. Es geschieht vom oberen Bildrand aus. Durch Scheiben, wie könnte es anders sein, gelblich-weiß getönt.»

«Über eine in Zinnober bis Bordeauxrot entflammte Himmelsleiter, bevölkert von weißen Engelsboten, treffen die Strahlen den am Erdboden schlafenden Jakob. Beachten Sie bitte die schwarzblaue Zeichnung am unteren Rand des Fensters.»

Pauline Stimpfli folgt mit verdrehtem Kopf, wachen Augen, offenem Mund und gespitzten Ohren der Beschreibung. Die Marketingexpertin gibt ihr ausreichend Zeit, die Intention des Glasgemäldes zu verinnerlichen.

Um hervorzuheben, dass sich Chagall stets auf den Wortlaut der Bibel bezogen hat, zitiert sie aus dem Buch Genesis. Den Text findet sie auf einer Stele, die vor dem Exponat postiert ist.

(Jakob) sah eine Treppe, die auf der Erde stand und bis zum Himmel reichte. Auf ihr stiegen Engel Gottes auf und nieder. Und siehe, der Herr stand oben.

«Mit den ihm eigenen künstlerischen Mitteln verdeutlicht Chagall, dass nicht Sonne und Mond die entscheidenden Lichtquellen für die Menschheit sind. Vielmehr ist es Gott – das wahre ‹Licht der Welt›.»

«Ob der jüdische Messias oder Jesus Christus damit gemeint sind, dürfte für Chagall sekundär gewesen sein.» Da ist sie sich sicher. «Wichtig war für ihn: Aus dem Leuchten der Gestirne wird durch Gott das Erleuchten.»

«Stimmt, das empfinde ich genauso», tuschelt Pauline Stimpfli ihrem Mann zu. «Du doch sicher auch?»

Von der spirituellen Ergriffenheit der Frauen noch nicht überwältigt, windet sich dieser. «Das wird dann wohl so sein.»

«Aber klar. Lueg hin!», zerrt die Frau am Ärmel des Gatten. Schon blickt Henri Stimpfli gottergeben.

Dem Wissenschaftler ist Chagall noch immer nicht geheuer. Er bleibt ihm wesensfremd, setzt bei dem

Erdverbundenen negative Energien frei. «Seine Arbeiten haben für mich etwas Unheilvolles.»

Er langt nach einem der Hinweisschilder. «Mich gruselt es, wenn ich die durch Chagall bildgewordene Drohung Gottes gegenüber dem jüdischen Volk körperlich erleiden und dazu Schändliches lesen muss.»

Ja, ich gebe dich dem Grauen preis, dich und alle deine Freunde. Sie werden unter dem Schwert ihrer Feinde fallen und du musst mit eigenen Augen zusehen.

Der verbale Draufgänger konzediert, dass die göttliche Verheißung im Buch Jeremias allein auf die Babylonische Gefangenschaft der Israeliten vor 2500 Jahren gemünzt ist. Dies mache die Weissagung für ihn aber nicht gegenstandslos.

«Legitimiert ein derart apodiktisches Votum nicht die Vernichtung des europäischen Judentums durch die Nazis? Trägt die Plakatierung von solchen Gedanken, noch dazu in einem christlichen Gotteshaus, nicht genau hierzu bei?»

Diese Fragen seien für ihn selbst rhetorisch, wegen der chronischen Verweigerung des Existenzrechts Israels durch Dritte allerdings virulent. Sie könnten Antisemiten und ewig Gestrige auf den Plan rufen.

«Nun komm' mal runter, Herr Professor.» Sie stellt ihn zur Rede. Versucht wachsenden Unmut zu zügeln, bei den Stimpflis gute Miene zu bösem Spiel zu machen.

«Ist doch total verrückt, was du da sagst. Warum tust du das?» Sie schämt sich für ihn, ist wütend. «Den Juden Chagall und das Metzer Domkapitel mit den Schergen Hitlers in einen Topf zu werfen? Das geht gar nicht.»

«Hast du die Frohe Botschaft in Chagalls farbenprächtiger Welt denn immer noch nicht geschnallt?» Sie ist fassungslos und herrscht ihn an. «Pennst du, wenn ich das alles vortrage? Oder hältst du mich für dämlich?»

«Dieser Maler spaltet nicht. Er versöhnt! Er befreit!» Sie schnappt nach Luft. «Stell' dir vor: Die Juden haben das Heilbringende des Messias im qualvollen babylonischen Exil verspürt. Sogar in den Krematorien der Nazis. Und bei dir kommt nichts davon an?»

Desillusioniert nach dem kraftzehrenden Schlagabtausch ist sie den Tränen nahe. «Träum' weiter! Du raffst es nie.»

«Darf ich Sie etwas fragen?» Pauline Stimpfli wirkt verlegen. «Etwas ganz Privates.»

«Warum nicht?» Der Expertin für Kirchenfenster ist nicht bange. Die Anfrage lenkt von ihrem Kummer ab.

«Also, hm, wie soll ich es angehen?» Frau Stimpfli

tritt abwechselnd von einem Fuß auf den anderen. Am Ende gibt sie sich einen Ruck. «Sind Sie gläubig?»

Ihr Gemahl weicht einen Schritt zurück. Steht seitlich weggeduckt hinter seiner Frau.

«Auch das noch!» Der Hochschullehrer greift sich an den Kopf, rauft nicht vorhandene Haare, prescht als Unbeteiligter vor. «Ich darf mich denn mal vorstellen: Ein katholisch getaufter Atheist.»

Er legt nach, will sich an der jungen Schweizerin für das vernichtende Urteil und gefühltes Desinteresse an seiner Person rächen.

«Das ist ein mit frommen Riten und Gebräuchen aufgewachsener Ministrant, der in der Pubertät das Dogma von der Unbefleckten Empfängnis Mariens als das entlarvt, was es ist: Eine päpstliche Bulle aus dem 19. Jahrhundert. Also Bullshit.»

Die Umstehenden schauen indigniert. Seine ketzerische Offenbarung überrascht nicht. Sie erfährt keinen Widerhall, keine Gegenrede.

Dafür bekundet die von Pauline Stimpfli ursprünglich Angesprochene größere Offenheit für deren Anliegen.

«Gläubig eher nicht. Bin letztlich Agnostikerin, auch wenn ich im Elternhaus reformatorisch erzogen wurde. Das jüdisch-christliche Erbe achte ich allemal als zentralen Part unserer westlichen Zivilisation.»

Sie mustert vorsichtig das Umfeld, will von ihm keinen Konter riskieren.

«Was mich brennend beschäftigt, ist die religiöse Prägung unseres Alltags. Nehme das Sakrale oft kulturell, das Kulturelle sakral wahr.»

«Liturgie und Heiligenverehrung bei den Katholiken oder bei sonst wem sind mir total schnuppe. Vollkommen Wurst.» Die Protestantin lacht. «Äh, ich meine natürlich: Vollkommen egal.»

Mit einem abschätzig intonierten «Halleluja» unterbricht sie ihr selbsternannter Lehrmeister und vernarrter Gesell. Sucht sich bei ihr einzuschmeicheln, lieb Kind zu machen.

«Die Anbetung von sogenannt ‹Heiligen› ist halt reiner Götzendienst. Das siehst du richtig. Glaube mir, die Aufklärung saust bis heute an der Papst-Kirche spurlos vorbei.»

«Nun hab' dich mal nicht so», mokiert sie sich. Die Rüge fällt diesmal verhalten aus. Ihre Engelsgeduld mit seinen wichtigtuerisch nörgelnden Einwürfen scheint noch nicht aufgebraucht.

Voller Erbarmen nimmt sie ihn beiseite, legt den Zeigefinger ausdrucksstark ans Kinn. Philosophiert, ob sie Gnade gewähren oder ihm zur Läuterung eine Buße auferlegen soll.

«Ein Wertegerüst aus Nächstenliebe und Demut könnte dir partout nicht schaden …»

Der strenge Odem der Kleidung des über

fünfzigjährigen Junggesellen lähmt ihre Gedanken, sensibilisiert den Geruchssinn. Frustriert schnüffelt sie.

«Auch ein frischer Anzug würde dir nach drei Tagen gut tun. Deine Klamotten müffeln animalisch – trotz Eau de Toilette!»

«Entschuldigen Sie, Frau Stimpfli.» Sie kehrt ihm den Rücken zu, will sich lieber mit ernsthaften Dingen und Zuhörern befassen.

«Ja, mich reizen Sachen, die mit dem Anspruch auf Ewigkeit geschaffen werden. Inhalte, die möglichst lange Bestand haben.» Die Schultern angehoben, der Blick entwaffnend.

«Hab' halt eine Passion für das, was bleibt.»

Die ältere Dame ist in sich gekehrt, voller Wohlgefallen an der Geisteshaltung der Jüngeren.

Als der Dialog ins Metaphysische abgleitet, trollen sich die Männer.

Der Ältere verdrückt sich mit den Worten. «Ich gehe denn mal los und hole den Wagen vom Parkplatz.» Der andere hechelt kreuz und quer durch das Kirchenschiff, möchte noch auf die Schnelle bauliche Ergänzungen der Cathédrale Saint-Étienne aus deutscher Zeit dokumentieren.

Das Aufspüren von Fotomotiven bei schummrigem Licht wird dem Wissenschaftler bald überdrüssig. Für ihn gilt es primär, mit der feschen

Gefährtin die weitere Gestaltung des Abends zu klären. Für sie beide zwei, maximal drei Nächte in Theodor Fontanes ehemaligem *Grand Hôtel de Metz* fest zu buchen.

Der Universitätsdozent geht auf die Frauen zu, wahrt geziemend Abstand. Teilnahmslos wohnt er einer Unterhaltung bei, die sich um die Interpretation von *Jakobs Traum* im Fraumünster zu Zürich dreht.

Nach einigem Herumdrucksen reißt er das Heft des Handelns an sich, unterbindet die weibliche Diskussion über das Beziehungsgeflecht zwischen Gott und Mensch. In gewohnter Manier witzelt er über Wilhelm II.

«Nicht zu glauben, aber wahr: Der hat sich von seinem mäzenatischen Engagement in Lothringen nicht nur eine Statue als Heiliger versprochen, sondern den Bau einer Kaiserloge in dieser Kathedrale. Und man stelle sich vor: Der Herr war Lutheraner! Majestät wollte wohl die Einverleibung des katholisch geprägten Lothringen in das Deutsche Reich unumkehrbar machen?»

Nach dem obligatorischen Lacher, den er den Damen mit seinen Effekthaschereien abnötigt, konfrontiert er sie, bescheiden wie linkisch, mit einem Wunsch.

Seine Bekannte möge ihm doch bitte Marc Chagall «bei einem Privatissimum» einprägsamer vermitteln. Beide seien hierzu eigens nach Metz gekommen. Er habe da noch Defizite.

Diese Demarche ist für Pauline Stimpfli der Auslöser, sich in aller Form zurückzuziehen. Sein Wissenshunger ist für sie nachvollziehbar, will dessen Befriedigung nicht behindern.

«Es war schön, Sie kennenzulernen», zwitschert sie zum Abschied. Nicht ohne der Landsfrau zu annoncieren. «Wir treffen uns, wie besprochen. À bientôt.»

Die zwei Zurückgebliebenen stehen nebeneinander. Starren in der von elektrischen Glühbirnen spärlich illuminierten Kathedrale hinauf zu dem Grund ihres Daseins. Die zwischenzeitlich finsteren, farblosschwarzen Glasfenster ermöglichen allerhand Deutungen.

«Bei nachhaltiger Analyse fällt auf, dass Chagall weder ein reiner Geschichtenerzähler noch ein abstrakter Künstler war», sinniert er.

«Ich würde Chagall als Grenzgänger bezeichnen. Als Person wie in seinen künstlerischen Ambitionen», pflichtet sie ihm bei. «Besser noch als Mittler, und dies ein Leben lang.»

«Wusstest du …» Sie nähert sich einer Fortsetzung der abendlichen Gespräche unter Gleichen. «Bis ins 16. Jahrhundert war es üblich, biblische

Begebenheiten an Wänden und Fenstern von Kirchen wie Kapellen zu illustrieren. Die Bevölkerung bestand ja größtenteils aus Analphabeten.»

«Dann hat die Reformation die Malerei aus den Gotteshäusern verbannt. Zerstört, verkauft? Was weiß ich.» Sie atmet schwer, trotz der durch Medikamente blockierten Erkältung.

«Im Verlag schlag' ich mich oft mit Recherchen zu Calvin und Zwingli herum. Sie haben die Vernichtung vieler Kulturgüter auf dem Kerbholz. Sind verschwunden, manche für immer perdu.»

Er lehnt an einer Kirchensäule, labt sich an ihrem schwyzerdütschen Zungenschlag. «Fahr' nur fort. Ich höre dir aufmerksam zu.» Mit weicher Stimme bittet er darum, auch wenn das Gesagte für ihn Allgemeingut darstellt.

«Die Schweizer Reformatoren setzten bei der Verkündigung der christlichen Botschaft auf das Wort», ergänzt sie ihren Rapport. «Da durften bunte Ausschmückungen nicht vom Text des Evangeliums ablenken.»

«Hingegen spricht die römisch-katholische Kirche möglichst alle Sinne der Gläubigen durch Bilder, Gerüche, Lieder, Gebärden oder Gebete an. Die Eucharistie zelebriert ihr Katholiken ganz bewusst als Mysterium.»

Sie hält in ihrem Monolog inne.

«Hast das ganze Programm ja selbst mit der

Muttermilch aufgesogen.» Die Protestantin frotzelt, belauert ihn. «Womöglich erscheinst du mir deshalb so verdammt barock? Total verklemmt.»

«Nun mal halblang.» Er spottet zurück. «Wer von uns schwebt denn in metaphysischen Sphären?»

Im Umgang des Chors stehend, bittet sie um sein Smartphone. «Würde mir gern deine Fotos ansehen. Wie oft wurde ich denn von dir ‹verewigt›?»

Er reicht ihr das Gewünschte, ist geschmeichelt. «Etwa zwanzig Mal. Ich hoffe, du kannst mit dem Resultat leben.»

In Windeseile durchforstet sie alle zweiunddreißig von ihm an diesem Tag gemachten Fotos. Flink gleiten ihre Finger über das Display. Aufgeräumt reicht sie ihm das Smartphone zurück.

«Merci vielmals. Hab’ alles obduziert.»

«Du meinst gewiss ‹observiert›?», prustet er laut wiehernd. «Und welche Aufnahme hältst du für die beste?»

Sie lächelt. Teilt ihm mir nichts, dir nichts eine Neuigkeit mit.

«Stell dir vor, ich hab’ eine Mitfahrmöglichkeit nach Biel. Dort werde ich abgeholt. Bis Neuchâtel ist es dann nur noch ein Katzensprung.»

Sie schnupft noch einmal, für ihn gewollt vernehmbar. Jauchzt innerlich vor Freude, ist aufgekratzt.

«In zehn Minuten geht's los. In vier Stunden bin ich wieder zu Haus. Wow! Glück muss der Mensch haben.»

Sein vom Sonnenbad am Nachmittag versengtes Gesicht fiebert, die Brille beschlägt. Stirn und Kopfhaut legen sich in Falten. Erschlaffende Mundwinkel lassen erahnen, dass er sich jeder Hoffnung auf ein weiteres Beisammensein beraubt sieht.

Er quält sich mit der Hiobsbotschaft, ringt mit sich, schwankt zwischen Liebe und Hass. ‹War denn alles ein Missverständnis? Bloß eine Affäre?› Er fühlt sich entblößt, in seinem Innersten verletzt.

Zwei Tage und Nächte wähnte er sich der Tramperin nahe. Poeten haben sie entzweit: Der Dichter Theodor Fontane und der Maler Marc Chagall. Haben Ungleiches zu Tage gefördert, Unvereinbares zum Vorschein gebracht.

«Du bist doch nicht sauer?» Sie pariert die Entgleisung seiner Mimik auf ihre Weise, gibt sich souverän und frohgemut. «Freu' dich einfach mit mir!»

Nüchtern bilanziert sie Erlebtes, fügt zu seiner Aufmunterung Spitzbübisches hinzu.

«Hab' von dir eine Menge gelernt, vor allem über mich.» Es folgt ein nach Erlösung klingender Seufzer. «Es tut gut zu wissen, wo man herkommt. Und wo man hingehört.»

Am Ende zuckt sie mit den Achseln, schultert

das Gepäck, strafft die Lederriemen der Tasche. Zielbewusst und schnurstracks strebt sie dem Ausgang der Kirche zu.

Er rührt sich nicht von der Stelle, ist wie versteinert. Hilflos, von Sinnen. Um Jahre gealtert.

Zutiefst gekränkt durch ihren Entschluss, zermürbt und ausgebrannt von drei ereignisreichen Tagen lässt er sie ihrer Wege gehen. Er gewährt freien Abzug, unterdrückt ein ‹Au revoir›.

Ihr Pferdeschwanz wippt fröhlich auf und ab, winkt ihm ein letztes Mal von der Kirchenpforte aus zu.

Auf ihn wartet die Grüne Minna in der Tiefgarage. Seine in vielen Schlachten erprobte, zuverlässige, gütige und langmütige Freundin. Hat kaum Ansprüche, Mucken. Größere Pannen von ihr sind nicht bekannt.

Auch das Löschen von Speicherdaten auf einem Smartphone käme dem Peugeot 205 nicht in den Sinn.

Glossar

Französisches Bett: Es besitzt eine durchgehende, meist große Matratze ohne Besucherritze.

Marc Chagall (1887–1985): Französischer Maler russisch-jüdischer Herkunft. Sucht in seinen bisweilen als Vorläufer des Surrealismus apostrophierten symbolhaften Darstellungen Poesie und Malerei zu vereinen. Motive des Heimatorts Witebsk, des Zirkus und der Bibel sind zentrale Themen von Bildern, Mosaiken, Theaterkulissen, Glasfenstern.

Theodor Fontane (1819–1898): Autor der «Wanderungen durch die Mark Brandenburg» und davon inspirierter Romane wie «Irrungen, Wirrungen», «Effi Briest», «Der Stechlin». Der bedeutendste deutsche Vertreter der Literaturepoche des Realismus berichtet als Journalist u.a. vom schleswig-holsteinischen Krieg im Jahr 1864 und dem deutsch-französischen Krieg 1870/71.

Die in den Kapiteln «Schlachtenbummler» und «Traumwelten» zitierten Texte stammen aus: Theodor Fontane, Aus den Tagen der Okkupation. Kleinere autobiographische Texte (Theodor Fontane, Erinnerungen, ausgewählte Schriften und Kritiken, herausgegeben von Walter Keitel und Helmuth Nürnberger, Werke und Schriften Band 37), Ullstein Taschenbuch Nr. 4544, Frankfurt/M, Berlin, Wien 1980.

La Grande Guerre: So bezeichnen Franzosen noch heute den Ersten Weltkrieg. Die Engländer sprechen analog von *The Great War*.

Henriquatre: Ein nach dem gleichnamigen französischen König (1553–1610) benannter Rund-um-den-Mund Bart. Auch als *Goatee* bekannt.

Imi Knoebel (geb. 1940): Deutscher Maler und Bildhauer der Minimal Art, Schüler von Walter Breker und Joseph Beuys an der Düsseldorfer Kunstakademie. Seine international viel beachteten Arbeiten kennzeichnen übereinander lagernde, sich teils verdeckende, bunte Platten, lackierte Latten, farbige Papierstreifen, Glassplitter.

Maginot-Linie: Benannt nach dem französischen Kriegsminister André Maginot (1877–1932). Ein in den dreißiger Jahren des letzten Jahrhunderts von Frankreich entlang der Grenze zu Belgien, Luxemburg, Deutschland und Italien gebautes Verteidigungs- und Bunkersystem.

Grüne Minna: Der Begriff findet ab 1866 zuerst in Preußen und dann in ganz Deutschland Verwendung. Als Synonym für speziell von der Polizei eingesetzte, gesicherte und grün gestrichene Fahrzeuge zum Gefangenentransport.

Gerhard Richter (geb. 1932): Richters Werke erfahren auf dem Kunstmarkt höchste Beachtung. Das Oeuvre des langjährigen Hochschullehrers an der Kunstakademie Düsseldorf umfasst u.a. fotorealistische Naturdarstellungen, unscharfe Gemälde nach Fotografien, Bilder höchster Abstraktion, Installationen, Glas- und Spiegelobjekte.

Karl Friedrich Schinkel (1781–1841): Königlicher Baumeister und Architekt. Er prägte in dieser Funktion den Klassizismus und Historismus in Preußen.

Arno Schmidt (1914–1979): Deutscher Schriftsteller, dessen Hauptwerk «Zettels Traum» Pate für die Überschrift des Kapitels «Zettelkästen» steht.
Die dort aufgeführten Zitate sind einer Edition der Arno Schmidt Stiftung im Suhrkamp Verlag

entnommen: Arno Schmidt, Brüssel. Die Feuerstellung, Zwei Fragmente. Faksimile der Handschriften mit Transkription, Herausgegeben von Susanne Fischer, Bargfeld 2002.

The Sleepwalkers: Der englische Originaltitel eines von Christopher Clark 2012 publizierten Standardwerks zur Entstehung des Ersten Weltkriegs.

La Sorbonne (Paris IV): Heute eine von dreizehn Pariser Universitäten, die sich vor allem in den Geistes- und Humanwissenschaften weltweite Anerkennung erworben hat. Ihr Ursprung liegt in dem gleichnamigen Kolleg des Mittelalters.

Eduard Spranger (1882–1963): Er zählt zu den Klassikern der Pädagogik in der ersten Hälfte des 20. Jahrhunderts. Sein ambivalentes Frauenbild wie sein bodenständiges Verständnis von Heimat gelten heute als antiquiert. Spranger sah sich in der nationalkonservativen Tradition preußischer Tugenden, was ihm eine Lehrtätigkeit an der Berliner Friedrich-Wilhelms-Universität von 1919 bis 1945 ermöglichte.

Antoine Watteau (1684–1721): Maler des französischen Rokoko, schuf mit seinen mythologisch inspirierten *Fêtes galantes* neue Bildmotive: Amourösen Abenteuern nicht abgeneigte, Schäfer- und

Hirtenkostüme tragende Adelige inmitten von glückverheißenden Landschaften Arkadiens.

Westwall: So nannten die Nationalsozialisten das von ihnen 1938–1940 errichtete deutsche Pendant zur französischen Maginot-Linie. Von den Westalliierten auch als *Siegfried Line* bezeichnet.

Yahoo: Ein bei Jonathan Swift in seinem Roman «Gullivers Reisen» verwendeter Begriff, der im Englischen *rude, unsophisticated, uncouth* bedeutet, im Deutschen demnach für *ungezogen, unverfälscht, ungehobelt* steht. In diesem Sinn auch von Arno Schmidt in seinem Fragment «Die Feuerstellung» benutzt.